너의 선물은

많지만 잊고 있던
우리의 선물을 찾아서

에밀리 엘리엇 지음

박혜리 옮김

진실로 내 혼이 하나님을 기다리니
나의 구원이 그에게서 오는도다.
내 혼아, 너는 하나님만 기다리라.
나의 기대가 그로부터 오는도다.

(시 62:1,5)

제 1 부
너의 선물은

1. 프롤로그
2. 구속받은 땅의 연대기
3. 왕의 사자가 찾아오다
4. 집을 떠나다
5. "소망의 집"으로
6. 에필로그

제 2 부
상충하는 의무

1
2
3
4

옮긴이의 말

제1부
너의 선물은

프롤로그

섣달그믐날 밤이었습니다. 생계 때문에 골머리를 앓고 울부짖던 큰 도시에서는 밝고 경쾌한 크리스마스 인사와 새해 인사 소리가 여기저기서 들렸지요. 서로 인사를 주고받는 부유한 집이나 가난한 집, 다들 한마음이라고 말하지만 각기 따로 노는 듯한 마음은 의문투성이랍니다.

그러다 우연히 제 앞에 있는 성경을 보게 되었는데, 말씀이 크리스마스 종소리에 '진실로 내 혼이 하나님을 기다리니 나의 구원이 그에게서 오는도다.'라고 화답하는 듯했어요.

    우리에게 한 아이가 태어났도다!
    우리에게 한 아들이 주어졌도다!

    말씀의 종이 울렸습니다.

    '나의 구원이 그에게서 오는도다!' 시편이 다시 한번 더 큰 종소리를 냅니다. '오직 주만이 나의 반석이시요, 나의 구원이시라!' '나의 모든 구원이요, 나의 모든 염원이라!' 시기와 계절에 따라 바깥 풍경이 변화할 때 외딴방의 적막 속에 하늘의 종소리만이 남아 그 소리를 되풀이했습니다. 이런 현상은 지상의 시끄러운 소리가 그친 고요한 분위기에서만 나타나지요.

    땅거미가 지자 순식간에 다른 말씀을 담은 종소리가 찬 공기를 뚫고 울렸습니다. 그 말씀은 나팔소리가 되어 새해를 불렀습니다.

이제 너는 하나님만 기다리라!
나의 기대가 그로부터 오는도다!

일렁이는 밝은 불빛이 아름다운 선율을 가진 시편 말씀을 일깨웠어요. 그러자 오래된 시편 말씀이 지금 막 새로 쓴 글처럼 생생하게 빛났답니다.

나의 기대가 그로부터 오는도다!

정말 그런가요? 왜 그런 거죠? 얼마나 그런가요? 이 말씀을 보자, 이런 생각이 머릿속에서 떠나지 않았습니다.

얼마나 기대해야 하는 걸까요? 하나님을 기다리는 것에 관해 얼마나 알고 있는 걸까요? 내 모든 염원이 지금 분명히, 실제로 성취되면 크게 놀라야 하는 걸까요? 이런 생각 뒤에는 회개와 굴복이 따랐습니다. 약속이 무수히 많은데도 기대하지는 않는구나! 특권이 무수히 많은데도 그 특권을 주장하질 않는구나! 기도를 많이 하지만 지켜보지는 않는구나! 아닙니다. 기도를 거의 하지 않으니 응답을 받지 못하는 거죠!

아! 정말 맞는 말이에요.

계속해서 맑은 옥타브 음이 울립니다.

내 혼아, 하나님만 기다리라.
나의 기대가 그로부터 오는도다!

잠시 후, 해안가에 있는 교구, 역사 속에 있던 교구, 한 가정이 몸담고 있던 교구, 우리 대부분은 무지한 데 반해 하늘과 교제하는 법을 배운 사람이 사는 교구를 돌고 돌아 이 이야기가 생각났습니다. 생각이 꼬리에 꼬리를 물어 한 편의 이야기가 완성됐지요. 그 이야기는 이렇게 시작한답니다.

구속받은 땅의 연대기

아담 슬로우먼은 구속받은 땅에 위치한 작은 집에서 살고 있었습니다. 구속받은 땅은 매우 광활했지요. 얼마나 큰지, 어느 방향으로 가도 그 너머에 있는 땅을 볼 수 없을 정도였답니다. 이 땅의 주인이자 왕은 각 도처에서 존경받는 인물이었고 아담이 살고 있던 이 땅의 특정 지역을 더 소중히 여겨 보살폈습니다. 이 땅이 구속받은 땅이라 불리게 된 이유는 그 땅에서 반란이 일어나 사람들이 오랫동안 끔찍한 파멸을 겪었는데, 이후에 왕의 아들이 실제로 가난한 시골집 사람으로 와서 사람들과 섞여 살고 같이 고생해서 일했을 뿐만 아니라 사람들의 악행으로 인해 각자에게 부과된 벌금에 대한 대가를 자신이 대신 지불함으로써 한 번 더 은혜를 베풀었기 때문이랍니다.

그래서 그 뒤로 쭉, 사람들이 과거에 행한 일에 대해 용서를 구하고 필요나 바람을 편지에 적어 왕께 보내면 사람들의 애통과 고난을 함께하는 형제, 곧 왕의 아들을 통해 문제를 해결 받았고 특별한 사랑과 은혜의 약속을 받았어요. 각 사람은 땅과 집을 차지하면 임차 계약을 맺었는데 이 임차권은 그 사람에게 수많은 권리와 보조 지원금을 약속하고 언젠가, 머잖아 그 사람이 집과 땅을 포기한다 해도 왕이 소유한 왕국의 영광스러운 땅에서 훨씬 더 좋은, 더 오래 지속하는 집을 소유하게 될 거라는, 이 땅에 있는 집과 가정은 소멸될 테지만 오히려 쭉 펼쳐진 궁전의 영광을 누릴 거라는 보증도 담겨있었답니다.

이 구속받은 땅의 좋은 점을 반 정도만 얘기해줘도 여러분은 왕이 이 땅에 베푸는 사랑과 친절에 깜짝 놀랄 거예요.

비록 구속받은 땅 주위는 거의 다 황폐한 상태지만 영지 내의 모든 집은 무한한 보살핌과 맑은 물을 공급받을 수 있었지요. 이 땅에는 좋은 목초지와 산림이 있어 마스터키와 입장권을 가진 주민들이 그곳을 드나들었으며 풍성한 열매를 내는 과수원도 있어서 구하기만 하면 좋은 과일을 받을 수 있답니다. 백성들은 그 외에도 온갖 종류의 특권을 누릴 수 있었지요. 자, 임차인의 권리들을 알아보았으니 이제 아담 슬로우먼의 이야기로 돌아가 볼까요?

아담은 성공한 사람이었고 오랫동안 구속받은 땅에서 살아왔어요. 잠깐. 여러분이 이곳의 지도를 살펴보면 "죄를 용서 받은 땅"이라고 적혀 있는 곳이 있을 거예요. 아담은 그 땅에서 살았답니다. 하지만 아담은 더딘 사람이라 자신의 믿음이 왕과 맺은 약속을 주장할 만큼 좋지는 않다고 투정을 부리곤 했어요. 그래도 그는 약속을 의지하고 유일한 보증으로서 굳건히 지켰습니다.

아담은 충분히 풍요롭게 살 수 있는데도 빈곤하게 살았습니다. 아담이 사는 집의 창문은 흐릿하고 탁했지요. 창문을 더럽히는 흙먼지나 거미줄만이라도 문질러서 지워주면 밝은 햇빛이 그 작은 집의 방 곳곳을 환하게 비출 텐데 말이에요.

아담은 신선한 물이 부족하다고 불평하곤 했는데, 그러면 옆집 이웃이 와서 그의 집 수도관이 언덕에서부터 끊임없이 흐르는 샘과 연결되어 있으며 아낌없이, 계속해서 신선한 물을 공급받을 수 있는 깨끗한 상태라고 상기시켜 주었지요.

어느 날, 아담은 음식이 부족하다고 한탄했습니다. 그러자 옆집 이웃인 '충만한 기쁨'이라 불리는 과부가 아담이 한탄하는 소리를 듣고서 곧장 이렇게 말했지요. "왜 그렇게 사세요? 지금 우리 주인님이 백성들의 뱃가죽이 등에 붙을 정도로 굶기시는 분이라고 의심하는 건가요? 주인님이 다가올 세대들을 위해 음식을 충분히 저장해 두신 저장고가 있잖아요! 봐봐요. 창문에서 저장고가 보이네요! 저장고에 가면 값을 치르고 사야 하는 걸 공짜로 얻을 수 있는데! 그저 편지에 본인 이름을 똑바로 서명하고 제출한 다음 답을 기다리면 돼요. 그러면 우리 전하께서 그대가 배고프지 않을 정도로, 아니, 당신 얼굴이 포동포동하고 반들반들 해질 정도로 먹이실 거예요! 그 어떤 다른 나라 왕의 자녀들보다도 당신 혈색이 더 좋을걸요!"

그러자 아담이 겨울바람처럼 음울한 목소리로 대답했어요. "아, 부인 말이 맞습니다. 저도 종종 그렇게 믿곤 해요! 하지만 부인은 제가 찾을 수 없는 무언가를 찾은 거 같네요. 부인께서는 매년 간청해서 기쁨의 기름을 얻으시죠? 저는 어떻게 그 기름을 받는 건지 모르겠어요. 제 계약서에는 그 기름에 대한 부분이 쓰여 있지 않나 봐요. 아, 부인이 입은 옷처럼 좋은 옷도 말이죠. 근심에 잠긴 영을 위해 마련된 찬양의 옷은 (요전에 제복을 입고 온 손님이 우리 모두 이런 옷을 입을 거라고 말하긴 했어도) 저처럼 가난하고 무가치한 사람이 입기에는 너무 비싼 옷으로 보이더군요. 물론, 주인님께서 제게 베풀어주신 모든 것에 감사하죠. 그치만... 그치만..."

과부가 힘있게 말했습니다. "그러면 당신은 예레미야 애가의 장송 행진곡 〈오, 오라, 우리가 주께 노래하자. 우리가 우리 구원의 반석을 향해 즐겁게 부르자〉 이 노래를 부르는 게 더 겸손한 거라고 생각하나요? 아니면 그 노래를 외치거나 울부짖는 게 더 겸손하다고 생각하나요? 어느 쪽이 더 진리에 가까운 거죠? 다른 누군가의 찬양을 우연찮게 불렀다고 한들 스스로 감사를 드릴 수는 없는 건 아니잖아요! 대체 왜 그래요. 사람들은 그런 종류의 찬양을 부를 때 자신을 구원하신 분을 경외하기보다는 자신의 겸손을 보여주기 위해 검은 천을 두른 구원의 투구를 쓰지요. '그분이 나를 사랑하셔서 자신을 주셨어요.'라는 찬양에 등장하는 '그분'이 바로 우리를 구원하신 분인데도 말이죠."

가엾은 아담은 고분고분 답했습니다. "지금 보니 부인은 너무 공격적입니다. 만약에 저처럼 가난하다면 그렇게 감사를 표하는 게 얼마나 어려운 일인지 알게 될 거예요. 저는 무슨 일이 있어도 전하의 평판을 떨어뜨릴 생각은 없습니다. 그런데요, 우리는 달라요. 그러니까 제 말은 우리는 한 가족이지만, 부인은 더 윤택한 나뭇가지라는 거예요. 맞아요, 그거예요!" 아담은 한 줄기의 위로를 주는 새로운 빛을 찾은 사람처럼 되풀이했습니다. "저는 부인에 비해 빈천한 사람이기 때문에 강한 믿음을 가진 사람들이 누리는 그런 축복들을 감히 바랄 수가 없다고 생각합니다."

" '빈천한 사람'이라니요! 약속의 책(계약서) 한장 한장 사이에 지폐가 숨겨져 있는데 그걸 꺼내거나 받지도 않으면서 가난해지기를 바라고 기도한다는 건가요?" 과부가 속삭였습니다. "장담하건대, 빈천한 사람이라 하면 저 아랫동네에 사는 불쌍한 미친 귀족일 거예요. 그 사람은 왕자보다도 부유하면서 자신이 파산했다고 생각해 자신뿐만 아니라 가족들도 굶주리게 했고 몹시 가난한 삶을 살다가 결국 죽었지요."

과부가 부드럽게 말을 이어갔습니다. "내 오랜 벗이여, 사랑하는 자녀들이 추레하게 입고 굶주림을 호소하면 부유한 아버지가 괴로워하지 않겠어요? 하지만 당신이 왜 그러는지 알겠네요. 아담, 우린 늙고 나약하답니다. 전하께서 당신의 몫을 주겠노라 계획하고 우리에게 약속하셨는데 그 약속을 떠올리기에는 당신의 머리가 감당할 수 없다고 생각하나요? 제가 보기에 당신은 전하께 구해야 해요. 그대를 위해서 필요를 채워 주실 뿐만 아니라 나를 기억해 달라고 말이죠. 그거면 돼요." 과부가 고개를 끄덕였습니다. "전하께서 기억하고 베푸신다는 건 당신의 필요를 알고 전하의 큰 사랑과 재물로 그 필요를 채워주시는 거예요. 확신하건대, 왕궁에 편지를 써서 보내기만 하면 전하께서 직접 처리하고 응답해주실 거예요."

"근데 제가 뭐라고 말해야 좋을까요?" 아담이 말했습니다. "어찌 된 일인지 제 편지는 드문드문 가는 것 같아요. 부인은 저보다 학력이 더 높잖아요. 저는 나이가 드니 눈이 어둡고 머리도 안 돌아가네요."

"글쎄요. 제가 보니 할 말은 이미 준비된 거 같은데요?" 과부가 답했습니다. 그녀는 찬장에 있던 약속의 책을 꺼냈어요. 그 책에는 이런 말이 쓰여 있었답니다.

오 주여, 내가 억압을 당하오니, 나를 맡아주소서!
내 혼의 주장을 변호하소서!
오 하나님이여, 일어나셔서 주의 주장을 내세우소서!
주의 종의 유익을 위한 보증이 되소서!

오 주여, 주의 도를 내게 보이시고 주의 길을 내게 가르치소서. 주의 진리로 나를 인도하시고 나를 가르치소서. 주께서는 내 구원의 하나님이시니 내가 종일 주를 기다리나이다. 오 주여, 주의 온유한 자비들과 주의 자애들을 기억하소서. 그것들은 예로부터 있어왔나이다. 오 주여, 내 젊은 시절의 죄들과 죄과들을 기억하지 마시고 주의 자비를 따라 주의 선하심을 인하여 나를 기억하소서.

"이 말씀을 적어서 보내세요. 그리고 이 말씀이 무엇을 가져올지 지켜보세요. 아, 그리고 이 말을 꼭 덧붙여요. '이 편지를 전하의 겸손한 종이 보냅니다. 문을 활짝 열어 놓고 전하의 답변을 기다리고 있겠습니다.'"

"전하께서 친히 읽고 답해주시면 좋을 텐데!" 아담이 반신반의하며 한숨을 쉬었어요.

"'좋을 텐데!' 라니" 과부는 이미 응답을 받은 사람처럼 아담의 말을 되풀이했어요. "왜 그래요. 누가 보면 당신이 죄를 용서 받은 땅이 아니라 정죄를 받은 땅에 사는 줄 알겠어요! 그대가 사는 땅에는 하늘에서 내려주는 물을 마실 수 있는 산과 계곡이 있잖아요! 전하께서 한 해가 시작될 때부터 끝날 때까지 이 땅을 항상 지켜보고 돌봐주시잖아요. 그런데 '좋을 텐데'라고요? 예전에 제가 그 편지와 똑같은 편지를 보냈을 때 왕궁의 인장이 찍힌 편지와 함께 온갖 종류의 축복이 돌아왔었어요. '주는 선하시고 정직하시니 그러므로 그가 죄인들에게 그 도를 가르치시리라. 그는 공의로 온유한 자를 인도하실 것이요, 그의 도를 온유한 자에게 가르치시리라. 주의 모든 길은 그의 언약과 그의 증거들을 지키는 자에게 자비와 진리로다.' 그런 보증을 지닌다는 건 정말 멋진 일이에요." 그러곤 이렇게 덧붙였습니다. "그리고 그런 증거는 모두 햇빛만큼이나 진실되죠."

"여하튼 앞으로 무슨 일이 일어날지 기대할게요." 아담이 중얼거리듯 답했습니다. "저도 배은망덕한 사람으로 보이고 싶진 않아요. 하지만 진심을 다해 편지를 여러 번 보내 봐도 별 차이가 없던데요."

"약속의 책에 나와 있는 조건은 읽어 보았나요?" 과부가 물었습니다. "편지를 보내는 게 다가 아닙니다. 왕궁과 거래할 때는 세 가지를 명심해야 해요. 자, 여기 책을 읽어 보세요. '끊임없이 기도하라' 그 다음에 '변함없이 기대하라' 여기서 기대하라고 할 때 언제 헛되이 기대하라 했던가요? 아니죠?" 과부는 의기양양한 목소리로 말을 이어갔어요. "자, 그다음에는 '감사하라'고 되어 있어요. 아! 감사하라! 마치 일생의 기쁨을 하나의 시로 표현한 거 같지 않나요?"

아담은 안도의 숨을 내쉬며 편지에 자기 이름을 적었습니다. 이름을 적고 나서 문 옆에 있는 우체통에 편지를 넣자 아담의 얼굴은 한결 환해졌지요. 그동안 아담의 오랜 친구는 왕께서 먼 옛날 자기 백성들이 낙담하여 약속을 붙잡을 기운이 없을 때 어떻게 그들을 돌보셨는지 약속의 책을 통해 보여주었어요.

"전하께서 어떻게 백성들을 책망하고 낮추셨는지 이 책에다 기록되어 있어요." 과부가 말했습니다.

"저랑 똑같네요!" 아담이 답했지요.

"백성들은 전하께서 이들이 원하는 바를 주실 준비가 되셨다는 사실을 떠올릴 수 없는 상태였어요. 말 그대로, 그 사실을 받아들이기에는 너무 우둔한 사람들이었고 그 사실을 기억할 정도로 기억력이 좋지도 않았으며 소망을 가지기에는 너무 낙심한 상태였으니까요. 자, 이 책에서 뭐라고 말하는지 좀 보세요. '그가 그들을 위해 자신의 언약을 기억하시고' 제가 하려던 말이 바로 이거예요! 전하께서는 주는 분일 뿐만 아니라 기억하시는 분이세요. 달리 말하면, 전하께서는 이 사람들을 위해 당신이 마음으로 약속했던 걸 알고 계시기 때문에 스스로에게 간청하셨지요. 그래서 이들이 구하는 바를 주셨습니다. 전하께서 주신 이유는 이 사람들이 잘 구했기 때문이 아니라 전하 스스로가 말한 약속의 의미를 읽고 또 읽으셨기 때문이에요. 비록 그들은 그 의미를 이해하지 못했더라도요. 전하께서는 자기 자신을 위해서라도 이들에게 선을 베풀고 싶으셨던 거예요."

"우리 약속에는 권리와 특권이 포함되어 있어요. 이 권리와 특권은 우리가 이해할 수 있는 범위를 뛰어넘어서 하늘나라에서의 권리와 특권만큼이나 위대한 거예요. 오래전에 이런 생각이 들었죠. '내가 그분의 부를 더 많이 구하고 더 왕의 딸답게 살고 그에 따른 위치를 고수할 때, 왕의 선하심을 찬양하는 노래가 항상 풍성한 선물에 관해 노래하는데, 어떻게 전하께서 영광을 받으시는 걸까?' 그 약속에 얼마나 제 생각을 뛰어넘는 많은 것들이 있는지를 생각해보았지요. 제가 그분을 이런저런 일의 기념으로 두었을 때, 제 편지에 이렇게 적었어요. '전하, 제가 생각지 못한, 말하지 못한 많은 것들이 있을 수 있으나 전하께서는 당신의 생각과 부를 잘 알고 계십니다. 그러니 저를 위해 전하의 약속을 기억하여 주시고 그 약속에 따라 응답하여 주소서. 당신의 종이 선물을 위해 문을 활짝 열어놓고 온몸과 마음으로 기대하고 기다리겠습니다!' 그러면 구한 선물을 받았어요. 항상 더 많이 주셨지요. 이런 경험을 통해 전하께서 하신 말씀의 의미를 깨닫게 되었답니다. 그러니까 아담, 당신도 똑같이 해보세요. 또 뭐가 있더라... 아! 전하께 꼭 감사하세요!"

이 말을 마친 과부가 자기 집으로 걸어 들어가자 빛나는 태양이 과부를 비추었어요. 과부의 작은 집은 충만한 화평과 소망의 보물과 위로가 흘러나와 모두에게 풍성히 주시는 분, 우리 왕에 관해 말하고 있었지요. 정적을 깨고 과부의 집에서 그녀가 좋아하는 찬양이 흘러나왔고 아담은 그 찬양에 귀를 기울였어요.

오래전 주님의 말씀을 따라 주님을 받아들였네
내 죄들이 씻겨졌네
이제는 그 무엇보다도 그분의 약속을 주장하네
주여, 주님은 온종일 나의 것입니다!

성령님의 한없는 은혜로
영원한 산들에서 흘러나오는 시내들을 내게 주소서
화평을 주소서
그 화평으로 주님께서 거하시는 겸손한 성전을 채우소서

양식을 풍성히 주셔서
내 왕의 은혜를 보여주소서!
은혜의 충만한 선물들아! 그분의 한없는 부를 찬양하라
왕께서는 내 찬양을 사랑하시네

오! 응답을 받으면
내가 간청하는 분, 주님이 영화롭게 되시리라
귀 기울이는 혼이 주님께서 가까이 오시기를 간청하며
문을 활짝 열고 기다립니다

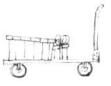

왕의 사자가 찾아오다

아담은 편지를 보낸 이후로 오래 기다릴 필요가 없었습니다. 왕의 사자가 활짝 열린 문을 통해 조용히 와서 축복과 화평의 말씀을 전해주었거든요.

사자가 말했습니다. "저를 부르며 편지에 이렇게 썼더군요. '주의 도를 내게 보이시고 주의 길을 내게 가르치소서!' 그래서 제가 왔습니다, 아담. 그런데 그대의 집은 어둡고 가구도 빈약해 보일 뿐만 아니라 그대 역시 굶주리고 제대로 된

옷을 입지 못했군요. 충분히 왕의 아들처럼 살 수 있었을 텐데 말입니다."

아담은 그런 자기 자신이 너무 부끄러웠고 그 사실에 비통해했습니다. "다 맞는 말씀입니다. 스스로를 돕기에는 제 자신이 너무 비참한 상태였고 더 나은 것들을 구하기에는 자격이 없었습니다. 그래도 저는 전하를 사랑합니다. 저를 구속받은 땅에서 살게 해주셔서 감사하다고, 제 모든 죄를 용서해 주셔서 감사하다고, 전하를 내 아버지로, 통치자로서 우러러볼 수 있게 해주셔서 감사하다고 찬양도 합니다."

사자는 아담을 슬픈 눈으로 측은하게 바라보았어요. 그리고는 창문으로 가서 입김을 불어 넣었습니다. 그러자 한 줄기의 햇빛이 아담을 비추고 펼쳐져 있던 약속의 책에 그 빛을 뻗어 '이는 모든 것이 너희의 것이기 때문이니라.'라는 구절을 비추었지요. 자, 이 두 사람은 이제 새로운 빛 속에 섰습니다. 그동안 과부는 자그마한 자기 집 문 앞에 서서 찬송을 부르고 있었는데, 그 아련한 찬송 소리가 바람을 타고 들려왔어요. 그 찬송의 가사는 이러했지요.

위로부터 오는 주님의 복된 기름부음은
위로이자 생명이며 사랑의 불이라
눈이 멀어 답답한 우리를 영원한 빛으로 비추소서.

사자는 흐릿한 물이 졸졸 흐르는 수도꼭지를 보자 아담이 힘이 없고 연약한 이유가 저기에 있다는 사실을 한눈에 알아보고는 샘에서 흐르는 물과 연결된 수도관으로 가서 오물들을 제거하고 깨끗이 씻었습니다. 여러분이 그 수도관을 보면 아마 이렇게 생각했을 겁니다. '유복한 건 고사하고 어떻게 먹고살 수 있었을까?' 정말 그 정도였답니다. 깨끗한 물이 흐르자 물 한 방울 방울이 생명으로 치유하기 시작했어요. 사자는 아담이 그 물을 한껏 들이켜 마시게 했습니다. 여러분이 이 장면을 봤다면 아담을 알아보지 못했을걸요? 아담은 이전과는 완전히 다른 사람이 되었거든요! 아담의 눈에 빛이 스며들어와 눈이 밝아졌고 사지는 튼튼해졌습니다. 그전에는 중풍에 걸린 사람처럼 후들거렸거든요. 자, 여기까지만 보아도 벌써 아담이 왕의 영지에서 영양분을 충분히 공급받는 모습이 보일 거예요.

아담에게 물을 먹인 후 사자는 찬장에서 빵 쪼가리를 발견했습니다. 한때 깨끗하고 좋은 빵이었을테지만 지금은 너무 오래됐을 뿐만 아니라 배를 채우기는 턱없이 부족했지요. 저 빵을 보니 이런 생각이 또 드는군요. 아담은 도대체 저 빵으로 어떻게 생활을 한 걸까요?

사자가 말했습니다. "오래돼서 딱딱해진 만나는 백성을 위한 전하의 계획에 없는 일입니다. 전하께서는 이 땅에서 나는 새로운 곡식을 마련하셨지요. 그게 바로 궁전에서 보내주는 빵입니다. 아담, 제가 보기에 그대는 신선한 빵을 먹은 지 오래된 거 같군요. 반역하는 땅에서조차도 '왕이 백성들을 찾아가 빵을 준다더라'는 소식을 전해 들었을 정도인데 그대는 왜... 왜 갓 구운 신선한 빵을 먹지 못했습니까?"

"다 맞는 말씀입니다." 아담은 부끄러워하며 선반을 바라보았습니다. "하지만... 하지만... 저 선반에 둔 빵 덕분에 그렇게까지 굶주리진 않아서 감사했는걸요."

사자가 말했습니다. "아담, 그대는 지금 이렇게까지 굶주렸습니다! 그렇게까지 굶주리지 않았다고 말하지 마세요! 그대는 구속받은 땅에 살고 있습니다. 음식을 실은 트럭이 매일 문 앞을 지나가잖습니까! 그 트럭에는 '매일 아침 새로운 자비'라고 쓰여 있고 소포들이 실려 있습니다. 그 소포들이 누구를 위해 마련된 것 같나요? 인수증에 '주의 신실하심이 크나이다.'라고 쓴 사람들은 소포를 받잖습니까! 아! 그런데도 굶주렸다니! 전하의 정원에는 과일들이 있는데도 굶주렸다니! 전하께서 백성들이 매일 양식을 공급받게 하려고 사전에 계획을 세우고 보살피시지 않습니까. 그런데 이 모든 계획이 수포로 돌아갔군요. 그대는 전하께서 주신 새로운 자비들을 내던져 버렸습니다. 전하께서 하신 일을 보세요. 빛으로 백성들을 비추고 앞으로 있을 일들을 보여주며 매 순간 닥쳐오는 필요들을 채워주고 백성들의 하루하루가 선물이 되게 해주셨습니다. 이 노래를 보세요. '누구든지 지혜로운 자들과 이 일들을 살펴볼 자들, 그들은 주의 자애로우심을 깨달으리로다.'"

"그러면 아담, 그대는 뭐가 문제인 거 같습니까? 그동안 그대의 집 문은 굳게 닫혀 있거나 아주 가끔 절반만 문을 열어 놨었지요. 그게 바로 문제였던 겁니다. 집 앞으로 배달된 소포들이 있어도 그대는 그 소포를 내다보지도, 들고 가지도 않았습니다. 아주 가끔가다가 소포에 작은 틈이 있어서 상자가 풀리면 갈 길 잃은 과일들과 빵 한 조각이 그 모습을 드러냈을 텐데. 그런데 그대의 소포에 들어 있는 양식을 보니 굶주림을 겨우 피할 정도로 양이 적군요. 그대가 지금 한 짓이 무슨 짓인지 아십니까? 그대는 축복을 기대하지 않아서 받지 못했고 그로 인해 왕이신 전하의 명예를 해쳤습니다."

"아담, 그대의 편지를 살펴보니 '만일', '하지만' 이런 표현을 자주 쓰더군요. 그리고 '저는 기대하지 않습니다', '아마도' 이런 표현도 자주 쓰고요. 아, 이 말도 많이 하더군요. '이 편지가 전하의 손에 들어갈지 잘 모르겠습니다. 들어간다 해도 전하께서 제 말을 들어주실지 모르겠습니다.' 아담, 이런 말과 표현은 그대의 의도가 그렇지 않다고 하더라도 전하의 선하심을 모욕하는 겁니다. 전하께서 귀한 우편통을 세우려고 대가를 치르셨듯 때에 따라 전하의 명령대로 아들의 이름을 써서 보낸 편지를 보고 그에 대한 답을 하실 텐데 그대는 그 사실을 의심하고 있는 거예요."

"전, 전 정말 그런 의도가 없었습니다. 제, 제가 편지에 그런 말을 썼는지도 몰랐는걸요?" 아담이 말을 더듬었습니다. "제 편지가 엉망인 건 압니다. 하지만 그건 제가 무식하기 때문인걸요. 그치만... 그치만..."

"지금 학력을 탓하는 겁니까? 외지인들 중 높은 학력을 지녔다고 일컫는 사람들이 어려운 단어로 쓴 수 천개의 편지가 곧바로 폐기 처분소로 보내집니다. 학력이 중요한 게 아닙니다! '주의 종에게 하신 말씀을 기억하소서. 주께서는 나로 그 말씀 위에서 소망을 갖게 하셨나이다!' 누가 응답을 받는데 학력이 필요하다고 하던가요. '하나님이여, 죄인인 저에게 자비를 베푸소서!' 당신은 전하의 아들 덕분에 특별 사면을 받았고 이 땅에 거주할 수 있게 되었습니다. 이 땅에 사는 모든 사람은 이 말씀을 적은 편지를 보냈지요. 멋진 말로 편지를 써서 이 모든 걸 누리게 된 게 아닙니다. 전하께서 이 땅에 사는 백성들을 위해 세우신 학교에서 배우는 제일 첫 번째 교훈이 바로 죄의 자백입니다. 겸손과 끊임없는 신뢰는 그다음이지요. 아담, 약속의 책을 보세요. 제가 보니 그대는 저학년 때 학교를 그만둔 거 같더군요. 자, 그러면 전하께서 내 편지에 귀 기울이고 답하시는 데 학력이 필요한지 이 책에서 살펴봅시다. '이 불쌍한 사람이 부르짖었더니 주께서 들으시고 그를 그의 모든 고난에서 구원하셨도다.' '주가 말하노라. 가난한 자의 눌림과 궁핍한 자의 탄식 때문에 내가 일어서리라!' 학력이란 다른 게 아닙니다. 울부짖음과 탄식 그 후에 오는 찬양과 감사가 진정한 학력이지요."

"있잖아요, 아담. 전하의 아드님은 말이죠, 당신을 자유롭게 하려고 값을 지불하셨을 뿐만 아니라 당신이 이 땅에서 거할 수 있게 해주셨습니다. 그리고 현재는 자기 이름으로 오는 모든 편지에 친필을 남기시지요. 그분께서 백성 각자에게 가장 좋은 것, 꼭 필요한 걸 얼마나 주고 싶어 하는지 아십니까? 그분께서는 이 땅에 머무시던 마지막 날 밤, 즉 백성들에게 아버지의 사랑과 축복의 선물을 주기 위해 자신이 고통을 받으러 가는 날 밤에 자신을 통해 죄를 사면받은 모든 사람을 향해 이런 말씀을 남기셨습니다. '진실로 진실로 내가 너희에게 말하노니, 너희가 아버지께 내 이름으로 구하는 것은 무엇이나 너희에게 주시리라. 지금까지는 너희가 내 이름으로 아무것도 구하지 아니하였으나 구하라. 그러면 받을 것이니 너희 기쁨이 충만케 하려 함이라.' 바로 이것이 이 귀한 땅에 사는 사람이 사용할 고상한 특권이지요. 아담, 편지를 보낼 때는 '만약', '하지만', '응답을 받을 가능성이 거의 없지만', '제 기도가 천장을 뚫고 올라갈 거라고 생각지 않지만', '제가 응답을 받을지는 모르겠지만' 이런 표현이나 말은 하지 마세요. 이런 말은 큰 오점일 뿐만 아니라 편지의 본질을 가려버려서 편지를 읽을 수 없게 만듭니다. 이 사실을 꼭 기억하세요."

"약속의 책을 보시죠. 그 책에는 '만약', '하지만' 이런 표현이 없습니다. '주께서는 모든 넘어지는 자들을 붙드시며 모든 엎드린 자들을 일으키시나이다. 모든 생물의 눈이 주를 바라오니 주께서는 때를 따라 그들에게 음식을 주시며 주의 손을 펴사 모든 생물의 원함을 만족시켜 주시나이다. 주께서는 그의 모든 길에서 의로우시며 그의 모든 행사에서 거룩하시도다. 주께서는 자기를 부르는 모든 사람들과 자기를 진실로 부르는 모든 자들에게 가까이하시는도다. 그가 자기를 두려워하는 자들의 소원을 이루실 것이요, 그가 또 그들의 부르짖음을 들으시고 그들을 구원하시리로다.' 필요를 공급받는 길이 바로 이런 믿음입니다. 이렇게 고백하는 사람들은 전하와 본인 사이에 거치는 것들이 없어요. 이들은 전하의 창고에서 원하는 바를 얻습니다. '내 혼아, 너는 하나님만 기다리라. 나의 기대가 그로부터 오는도다!' 이겁니다, 아담. 있는 그대로의 모습으로 엎드리고 전하로부터 얼마나 많이 기대하고 있는지 고백하세요. 그러면 이 추레하고 산송장 같은 방식을 왜 그리 고집했는지 알게 될 겁니다. 자, 이제 저와 함께 갑시다!"

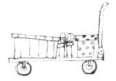

집을 떠나다

아담은 자기가 사는 지역이 아닌 다른 지역으로 이동했습니다. 이 지역에 대해서 들어본 적은 있지만 실제로 보리라고는 생각지 못했었지요. 광범위하게 줄지어진 창고가 아담의 눈앞에 펼쳐졌고 물건을 잔뜩 실은 트럭들이 소포를 배달하기 위해 구속받은 땅의 각 지역으로 이동하는 모습이 보였습니다. 백성들이 보낸 편지를 참고하여 소포를 보내주기도 하지만 때로는 이 땅의 통치자께서 소포와 선물들을 직접 골라서 보내주기도 했답니다. 왕께서는 백성들에 관한 모든 걸 알고 계시니까요. 백성들이 구하기는 하지만 이들에게 진정 필요한 것이 무엇인지는 왕께서 더 잘 알고 계십니다. 이 수많은 창고 바깥쪽에는 이런 말씀이 쓰여있었어요.

주께서 그를 부르는 모든 사람에게 부요하심이라.

그리고 그 밑에는
가난한 자의 기대가 영원히 없어지지 아니하리라.
라고 쓰여있었습니다.

사자는 창고에서 멀리 떨어진 건물 앞을 등지고 서서 물었습니다. "아담, 이 건물이 무슨 건물인지 아십니까?"

"아니요." 아담이 답했습니다.

"여긴 '잃어버린 축복 보관소' 입니다. 이 건물에서는 소포와 선물들을 보관하고 있지요. 사실 보낼 준비는 다 되었는데 이 물건을 받아야 할 사람들이 이런저런 이유로 받지 못했습니다. 이들 중 대부분은 물건을 실은 끌차가 집 앞에 왔는데도 문을 굳게 닫고 있어서 받지 못했답니다. 믿을지 모르겠지만 많은 기대의 문이 닫혀 있어요. 본인들이 자기 필요를 편지에 적어서 보내 놓고도 말입니다. 심지어 편지에 '내가 종일 주를 기다리나이다.'라고 써 놓고 기대의 문을 닫아 놓기도 합니다."

사자의 말에 아담은 겁먹고 불안해 보였습니다. 사자가 건물의 문을 열고 아담을 큰 복도로 데리고 갈 때도 아담은 불안해 보였지요. 발송일이 적힌 수많은 소포가 주인을 잃고 갈 길을 잃은 채 쌓여 있었습니다.

수많은 원료가 지저분하게 널브러져 있는 창고 위쪽에는 이렇게 쓰여 있었어요.

너희가 얻지 못하니 이는 너희가 구하지 않기 때문이라.

그 옆에 있는 창고에는
너희의 죄들이 너희로부터 선한 것들을 거두어 갔느니라.
라고 쓰여 있었으며 그다음 창고에는

그들이 이스라엘의 거룩하신 분을 제한하였도다.
그 사람은 주께로부터 어떤 것이든 받으리라 생각하지 말라!
라고 쓰여있었지요.

그 밑에는 전단지가 붙어있는데 그 전단지에는
문이 닫혀 있어서 승인이 떨어진 선물이 들어갈 길이 없다.
라고 쓰여 있었어요.

또 다른 창고에는 '조건 미달'이라 적혀 있었고 그 밑에는 현수막이 붙어있었는데 그 현수막에는 이런 글이 적혀 있었습니다.

너희가 내 안에 거하고 내 말들이 너희 안에 거하면
너희가 원하는 것은 무엇이나 구하라.
그러면 너희에게 이루어지리라.
만군의 주가 말하노니,
너희는 모든 십일조를 창고에 들여와
내 집에 식량이 있게 하고,
이제 그것으로 나를 시험하여

내가 하늘의 창문들을 열어

너희에게 복을 부어 주지 않나 보라.

그것을 받을 만한 충분한 장소가 없으리라.

음울하고 냉담하게 보이는 또 다른 창고에는 '잃어버린 축복'이라고 쓰여 있었고 그 밑에는

구하여도 받지 못함은 너희 정욕에다 쓰려고

잘못 구하기 때문이라.

고 적혀 있었지요.

창고와 소품을 지나치는 동안 아담의 얼굴은 점점 더 풀이 죽어갔습니다. 아담은 한없이 보살피시는 왕께서 준비하신 부와 재물과 꾸러미들이 수많은 부와 행복을 낳을 수 있을 텐데도 방치된 채 이리저리 치이는 모습을 보았거든요. 하지만 아담이 배워야 할 것들이 아직도 많이 남아있었습니다. 사자는 아담을 이끌고 재빨리 세 번째 방으로 이동했어요. 세 번째 방은 큰 건물과 이어져 있었고 그 방에는 끝도 없이 줄을 선 소포들이 순서대로 배열되어 있었습니다. 모든 소포는 선반에 정리되어 있었는데 그 선반에는 소포를 받지

못한 수취인의 이름이 쓰여 있었지요.

사자는 그중 한 선반 앞에 멈춰 섰습니다. 그 선반 위에는 '아담 슬로우번'이라고 적혀 있었지요. 아담은 놀라 눈이 휘둥그레졌습니다. 선반에 소포가 얼마나 빼곡히도 들어찼던지! 그 소포들은 아담이 때때로 바라고 구했던 것들이었어요. 아담의 편지가 온전하지 않았는데도 왕께서 응답하셨던 겁니다! 아담을 위해 수많은 보물이 마련되었는데도 아담은 받지 못했던 거예요.

"저는 연락망이 자주 끊기는 줄 알았어요." 아담이 말했습니다. 아담은 소포 밖에 붙여져 있는 꼬리표를 힐끗 보고는 소리 내 읽어 보았습니다. '일할 힘을 위해', '겨울을 위한 특별 위로', '파종용 씨앗', '섬길 기회', '크리스마스 기간 동안 필요한 물품', '새해 선물' 등등. 소포 밑에는 이 말씀이 적혀 있었지요.

너희가 악하다 할지라도 너희 자녀에게 좋은 선물을 줄 줄 알거든 하물며 하늘에 계신 너희 아버지께서 구하는 자들에게 좋은 것들을 주시지 않겠느냐?

아담이 얼마나 오랫동안 선물을 열어 보고 싶어 했던지! 아담이 그 소포들의 날짜를 보니 무려 삼 년 전, 자신이 너무 낙심하고 아프고 가난해서 "주께서 자신을 구름으로 가리시니 우리의 기도가 통과하지 못하나이다."라고 거듭해서 말했을 때, 그날에 전하께서 보내신 소포들이었어요.

"아담, 막혀 있던 건 당신 문이었습니다." 사자가 아담을 나무랐습니다. "저 소포들은 전하께서 주시는 가장 좋은 선물입니다."

아담이 놀라 외쳤어요. "그런데! 왜! 과부를 위해서는 반짝이는 은빛 옷이 준비되어 있을지라도 나 같이 가난하고 하찮은 사람에게는 주시지 않으리라 말했건만!" 아담의 사이즈에 꼭 맞춰서 준비된 반짝거리는 예복이 그의 머리 위에서 빛나고 있었습니다. 그 반짝이는 옷에는 '찬양의 옷'이라는 꼬리표가 붙어 있었지요.

"어! 여기에 또 뭐가 있군요!" 아담이 놀라운 감정과 비탄한 감정이 뒤섞인 목소리로 외쳤습니다. "제 이름이 적힌 크리스탈 잔이라니! 전 정말 어리석은 사람입니다. '슬퍼하는 자를 위한 기쁨의 기름'이라니! 저기도 뭐가 있네요! 저 상자 위에는 뭐가 있는 거죠? 제가 헛것을 보는 게 아니라면 저 위에 있는 물건은 제가 그토록 원하고 간청하던 겁니다. 저것 때문에 저를 위해 기도하던 다른 사람들이 지쳤더랬지요!" 아담이 가장 아름다운 바구니를 가리켰습니다. 그 바구니는 삼색제비꽃과 이끼로 둘러싸여 있었고 매우 부드러운 촉감을 자랑했어요. 만약 여러분이 그 바구니를 봤다면 어느 모로 보나 사랑에 빠져 버렸을 겁니다. 비록 그 바구니를 둘러싸던 꽃이 시들었고 이끼가 그 자리를 뒤덮었다고 해도 말이지요. 그 바구니에는 '넘쳐흐르는 화평'이라고 쓰여 있었답니다.

"저 글자는 전하께서 손수 쓰신 겁니다." 사자가 정중하게 말했어요. "날짜를 잘 보니 일 년 전, 가뭄이 있었을 때 보내신 거네요."

"아! 그날은 몸과 마음이 괴로워 도움이 간절히 필요했던 날이었습니다." 아담이 말했습니다. "그래서 일기장에 그날을 적어 놓고 이렇게 구했지요. '몸과 마음이 비통하오니 화평을 주세요.' 저는 전하께서 제 간청을 불쾌히 여기셔서 은혜를 감추신 줄 알았습니다. 심지어는 제 편지를 읽어보지도 않으셨을 거라고 생각했고요."

"아담, 그대가 집 문을 굳게 닫고 있으니까 그런 겁니다. 약속의 책을 열어 보지도 않았잖아요. 그 책만 읽었어도 주인님께서 주신 특권에 화평이 있다고 걸 알았을 텐데 말이죠. 그대는 전하께서 왜 편지를 약속이라고 하셨는지, 그 사실조차 잊어버렸습니다. 전하께서 약속하신 게 참이라면 그대가 해야 할 일은 그저 문을 활짝 열어 놓고 응답을 기다리는 것뿐입니다. 왜냐하면 전하의 아드님이 친히 그 응답을 가져다주실 테니까요."

"저기 위쪽 구석에 등불도 있군요! 어! 저기 안경도 있어요! 저기에도 다 제 이름이 쓰여 있네요!" 아담은 계속해서 물건을 찾아냈습니다. 하지만 그의 목소리에는 여전히 슬픔이 녹아 있었습니다.

사자가 안경을 꺼내 주며 말했습니다. "이 안경을 가지세요. 이 물건에는 그대가 쓴 글이 붙어 있네요!" 사자가 그 글을 읽었습니다. "내 눈을 열어주소서. 그리하시면 내가 주의 법에 경이로운 것들을 보리이다."

아담이 말했습니다. "아! 제가 약속의 책을 읽기 전에 항상 그 말씀을 먼저 주장하거든요! 때로는 말씀을 더 많이 이해하고 깨닫고 싶은 마음이 들기도 하는데 생각처럼 잘 되지 않더라고요. 이웃집 과부는 항상 자기 안경을 자랑했어요. 그 안경을 끼고 약속의 책을 읽으면 훨씬 더 많은 것들을 깨달을 수 있다고 했습니다. 제 눈은 침침하고 나빠서 과부가 찾아낸 진리들이 늘 부러웠고 놀라웠지요."

"이런 선물을 받을 거라고 기대하거나 전하의 말씀에서 새로운 빛을 찾아본 적이 있습니까?" 사자가 물었습니다. "약속의 책에는 수많은 약속이 있고 각 페이지 사이에는 지폐가 끼워져 있지요. 그뿐만 아니라 전하께서 아담 그대와 친구가 되길 원하신다고 말하고 있습니다. 하지만 전하의 특별한 빛과 천리안이 없으면 절대 그 진리를 볼 수 없어요. 그래서 제가 이 등불과 안경을 준비했습니다. 당신이 이 선물들을 받왔더라면 그 이웃집 과부처럼 축복을 누렸을 거예요. 이 안경의 이름은 '눈먼 자의 눈을 뜨게 하는 안경'이랍니다."

"자, 이제 나갈 시간이군요. 하지만 아담, 이 사실만은 꼭 기억하세요. 전하께서는 매우 선하고 자비로우시기 때문에 희망이 없는 건 아닙니다. 이 보물 중 일부는 그대의 집으로 갈지도 모르고 이후에 전하의 아드님이 집을 지나가실 때 주인님의 사랑을 신뢰하여 활짝 열린 문을 발견하실지도 모르니까요."

사자와 아담이 발걸음을 옮기고 있을 때 큰 독채가 아담의 눈을 사로잡았습니다. 조금 전까지는 눈치채지 못했는데 말이죠.

"저 멋진 창고는 뭡니까? 아담이 물었습니다. "입구에 왕관이 있는 걸로 봐서는... 아마도 전하께서 지으신 거겠죠?"

사자는 고개를 돌려 창고를 보았습니다. "아담, 저 창고는 '왕실 교환국'이예요. 근시안을 가진 사람들이 자기가 보기에 가장 좋다고 생각하는 대로 편지에 구했겠지만 그대로 응답 받을 수는 없지요. 사람들이 바라는 대로 주면 오히려 그 사람들에게 고통을 안겨주는 꼴이 될 수도 있습니다. 전하께서는 저 건물에서 직접 편지를 검토하고 백성들의 유익에 가장 부합하는 물건으로 바꿔주십니다. 생명을 구한 사람들은 영생을 받았어요. 성공과 빠른 구원을 바랐으나 오히려 전하와 더 친밀한 교제를 누리는 기쁨을 주실 뿐 곤경에서 구해주지 않아 실망한 사람들도 있습니다. 전하의 방식을 이해하지 못한 결과지요. 전하께 밀착하면 자비를 베푸셨을 겁니다. 육체의 건강을 구한 사람들도 있었는데, 전하께서는 이들에게 육체의 건강 대신에 혼의 건강을 주셨지요. 혼의 건강을 받은 사람들은 전하께서 주신 최상의 선물의 가치를 깨달았습니다. 그 선물이 의지를 굴복시키고 변치 않는 화평을 가져다주었거든요. 이 사람들에게 혼의 건강은 다른 모든 선물을 합친 것보다도 가치 있는 축복일 거예요. 아, 전하께서 물건들을 바꿔서 주려고 '편지 교환국'을 운영하신다는 걸 백성들이 알면 얼마나 좋겠어요. 이 사실을 알게 되면 전하의 사랑에 깜짝 놀랄 겁니다! 그분께서 백성들의 유익을 위해 수많은 편지를 검토하고 교환하신다니! 게다가 절대 실수하지 않으시지요! 실패도 없고요!"

"그러면 저기 멀리 떨어져 있는 창고는 뭔가요? 저 창고 위에는 크고 독특한 시계 같은 게 달려 있고 앞에는 해시계가 달려 있는데..." 아담이 잘 지어진 건물을 가리키며 물었습니다. 빈 트럭들이 그 건물로 빠르게 달려가는 게 보였습니다. "제가 보기에는 문 앞에 '더딜지라도 기다리라'라고 쓰여 있는 거 같은데요?"

"아, 저 건물은 '지연 물품 보관소'예요. 이 안경을 써보시지요. 그러면 그 밑에 붙어 있는 말씀이 보일 겁니다."

그러므로 주께서 기다리시리니
이는 그가 너희에게 은혜로우심이요,
그러므로 그가 높임을 받으시리니
이는 그가 너희에게 자비를 베푸시려 함이라.
주는 공의의 하나님이시니
그를 기다리는 자들은 모두가 복이 있도다.

"저 시계는 절대 빨리 가지도, 느리게 가지도 않습니다. '약속의 때가 가까이 왔다'라고 쓰여 있는 숫자 눈금에 그림자가 지면 소리가 울리도록 만들어졌지요. 그 소리가 울리면 사자들은 즉시 축복을 운반할 준비를 합니다. 그리고 '때가 이르렀다'는 신호가 떨어지면 문을 박차고 나가 배달을 시작해요. 그러나 기대의 문이 항상 열려 있는 건 아닙니다. 그렇기 때문에 전하께서 약속의 책을 통해 끊임없이 축복을 상기시키셔도 지연된 축복이 있다는 사실을 알면 충격을 받는 거지요. 축복이 오랫동안 지체된다고 하더라도 계속해서 기다리고 소망한 사람들은 전하로부터 '네 믿음이 크도다! 네가 바라는 대로 될지어다!'라는 말씀과 함께 바라던 축복을 받는답니다. 이렇게 받은 축복은 잊을래야 잊을 수 없죠."

"어떤 사람들은 '축복이 늦어진다고 해도 전하가 거절하셨다는 뜻은 아니다'라는 말의 의미를 깨닫는 데 오래 걸리기도 합니다. 사카랴는 천사가 와서 당신 집에 축복이 이를 거라고 말해도 믿지 않았습니다. 그 결과 사카랴는 벙어리가 되었지요. 불신 때문에 혀가 묶인 겁니다. 축복이 이르자 사카랴의 혀가 풀렸고 감사의 찬양을 돌려드릴 수 있었습니다.

짧은 기다림 끝에 예루살렘의 마리아 집 문 앞에 베드로가 직접 나타나는 축복이 이르렀을 때 그걸 본 사람들은 베드로가 출소하기를 밤낮으로 기도해 놓고도 주님께서 기도에 응답하셨다는 사실을 믿지 못했어요. 오히려 베드로의 음성을 알아듣고 기뻐하며 베드로의 소식을 전한 소녀에게 '네가 미쳤다'라고 꾸짖었지요. 베드로가 굳게 닫힌 문밖에 서서 문을 두드리고 있었는데도 말입니다!"

"로마인들은 바울이 로마에 들르기를 삼 년 동안 간청했습니다. 하지만 축복이 삼 년 동안이나 지연된 이유가 있었답니다. 소동, 태풍, 난파로 인해서 바울의 여정이 지체되고 포로로 잡혀 있기도 해서 여정이 길어졌지요. 바울은 '내가 어떤 영적 은사를 나누어 주기 위해 하나님의 뜻에 따라 형통한 여정을 나아가기를' 바라는 마음으로 축복을 지키려 했습니다. 하지만 축복은 바울이 바라는 방식이나 로마인들이 바라는 방식대로 이루어지지 않습니다. 전하께서는 훨씬 더 좋은 걸 최상의 방식으로 주고자 기다리신답니다. 오네시모와 빌레몬은 전하의 방식을 깨달은 사람들이었지요."

" '지연 물품 보관소'의 경영방식에는 사랑과 지혜의 신비가 숨겨져 있습니다. 사람들이 이 진리를 알지 못하니, 참 안타까울 따름이지요! 전하께서는 열매가 익을 때까지 기다리시지만 사람들은 열매가 익기도 전에 따버려서 낭패를 본답니다. 어둠 속에서도 믿음의 눈으로 전하를 신뢰하고 기다릴 수 있는 사람이 있다면 그 사람은 '그분의 영광의 힘을 따라 모든 능력으로 강화되어 모든 인내에 이르리라. 내가 말하노니 주를 기다리라.'라는 전하의 말씀을 더 잘 이해하게 될 겁니다."

"소망의 집"으로

사자와 아담은 '지연 물품 보관소'와 쭉 이어져 있는 다양한 건물들을 뒤로 한 채 맨 처음에 들렀던 창고를 다시 지나갔습니다. 그때, 한 일꾼이 배달을 시작하려고 트럭에 시동을 걸고 있었지요. 아담이 자세히 보니 그 일꾼은 매우 고급스러워 보이는 특선품을 트럭에 싣고 있었습니다. 아담이 눈을 돌려 특선품에 붙어있는 이름표를 보니, 놀랍게도 이웃집 과부의 이름이 적혀 있는 게 아니겠어요!

"오후 배달인가요?" 사자가 물었습니다.

"아침, 점심, 저녁 배달입니다." 일꾼이 답했지요. "저희는 그 과부 집을 '소망의 집'이라고 부릅니다. 전하께서 그 집에 선물을 어찌나 많이 보내시는지! 선물의 양을 보잖아요? 그러면 전하께서 다른 사람을 신경 쓸 여력이 남아 있으실까… 싶다니까요! 과부가 보낸 편지가 얼마나 빨리 오고 가는지! 창고에서 끝도 없이 선물이 나가는데! 어휴, 과부 같은 사람이 늘어나면 저흰 파산하고 말겁니다. 하지만 전하께서 '구하라, 그러면 너희에게 주실 것이요.'라고 하셨고 '영광 가운데서 자신의 풍요함을 따라' 주시는 것이니 뭐 별수 있나요? 전하께서 '사람들이 항상 기도하고 낙심하지 말아야 한다'고 명령하셨잖아요. 과부가 딱 그렇습니다. 저희가 과부 집을 지나가잖아요? 그러면 항상 과부는 영수증을 손에 쥐고 미소를 띤 채 저희를 기다리고 있답니다. 그리고는 선물을 한 아름 안고 '오 내 혼아, 주를 송축하고 그의 모든 베푸심을 잊지 말라.'라고 찬양하며 감사를 드리지요. 이 땅에 내려진 저희의 임무도 이제 거의 끝나가니까… 제 생각에는 과부의 집이 비면 편지가 그만 오지 않을까 싶네요."

"그러면 머지않아 주인님께서 과부를 부르겠군요?" 사자가 과부 집으로 배달될 소포들을 훑어보고선 물었습니다.

"네. 제가 듣기로는 전하께서 왕궁에 방들을 마련하고 계시는데 그 작업이 거의 끝났답니다. 조만간 과부는 전하와 함께 호화롭게 살겠지요. 요 몇 년 동안 과부가 보낸 편지는 대단한 용기를 보여주었고 그 때문에 전하께서 마련하신 선물이란 선물은 전부 받았으니까요. 제가 알기로 과부는 전하께서 구속받은 땅의 상속자들을 먹이라고 보내신 일꾼들로도 만족할 사람인걸요?"

아담은 과부의 이름이 붙어있는 소포들의 꼬리표를 훑어보았습니다. 첫 번째 소포에는 값비싼 코디얼(과일주)이 담긴 크리스탈 잔이 있었는데 그 잔에는 '인내를 위한 힘'이라고 쓰여 있었어요. 그리고 그 밑에는 이런 말씀이 적혀 있었어요. '내가 부르짖는 날에 주께서 내게 응답하셨으며 내 혼에 힘을 주시어 나를 강하게 하셨나이다.' 왕의 창고에서 소포를 보낼 때는 수취인의 편지가 붙어있는 경우도 있었습니다. 아담이 과부의 소포를 보니 과부가 친필로 쓴 편지가 붙어 있었고 그 밑에 메모가 적혀 있었지요. 아담은 메모를 발견하자마자 읽어보았습니다. "내가 주 하나님의 능력으로 가리니 내가 주의 의, 곧 주의 의만을 선포하리이다. 오 하나님이여, 주께서 나를 어릴 때부터 가르치셨기에 내가 지금까지 주의 기이한 일들을 전하였나이다. 이제 내가 늙고 백발이 된 후에도 오 하나님이여, 나를 버리지 마소서. 내가 주의 능력을 이 세대에 전하고 또 주의 권능을 장차 올 모든 사람에게 전할 때까지 나를 버리지 마소서."

아담이 보니 그 옆에 있는 소포에는 '하늘나라와 그 나라의 기쁨을 보는 눈'이라 적혀 있었어요.

그리고 그 꼬리표 밑에는
하나님께서 자기를 사랑하는 자들을 위하여 예비하신 것들은 눈으로 보지도 못하였고 귀로 듣지도 못하였으며 인간의 마음속에 들어온 적도 없었느니라. 그러나 하나님께서 이것들을 우리에게 그의 영으로 나타내셨느니라.
라고 쓰여 있었습니다.

"아!" 사자가 감탄했습니다. "과부가 '본적 없는 일들을 보는 눈' 덕분에 행복한 시간을 보내겠군요! 아, 여길 보니 자필로 쓴 주석이 자물쇠에 묶여 있네요."

믿은 여자는 복이 있도다. 이는 주께서 그녀에게
말씀하신 것들이 이루어질 것이기 때문이라.

그사이 또 다른 선물이 아담의 관심을 끌었습니다. 그 선물은 독특한 형태를 띠고 있었는데 수취인 주소는 역시 과부의 집이었지요. 그리고 주소 밑에는 과부의 이름이 이렇게 적혀 있었습니다. '이 세상의 가난한 자, 믿음 안에서 부요한 자, 왕국의 상속자' 선물을 자세히 살펴보니 에올리언 하프처럼 생긴 악기였어요. 사자가 하프의 현에 입김을 불자 매우 아름다운 소리가 흘러나왔는데 그 소리는 아담처럼 평범한 사람이 듣기에도 기가 막힐 정도로 환상적이었어요. 멀리서 들리는 노랫소리가 메아리치듯, 화음이 말이 되어 노래하는 듯했습니다. "죽임을 당하신 어린양이 권세와 부귀와 지혜와 힘과 존귀와 영광과 찬송을 받으시기에 합당하시도다."

"참으로 복 받은 여인이군요." 사자가 말했습니다. " '하나님의 악기'는 예나 지금이나 주를 찬양하는 사람 중 일부만이 받는 거잖습니까. 왕궁의 음악과 찬송이 과부의 마지막 순간까지 울려 퍼지겠군요. 성가대가 왕실 마차를 타고 과부 집 앞에 와서 본향으로 향하는 행렬을 위해 신부의 노래를 부르면 모든 노래가 하나가 될 테지요."

보라, 겨울도 지나고 비도 그쳐 사라졌으며,
땅에는 꽃들이 피고 새들이 노래하는 때가 왔도다.
나의 사랑, 나의 어여쁜 자야, 일어나 떠나자.

그동안 아담은 소포에 붙어있는 편지의 문구를 한 두 줄 정도 자세히 읽어 보았습니다. "수사슴이 시냇물을 갈망하는 것같이 오 하나님이여, 내 혼도 그처럼 주를 갈망하나이다. 낮에는 주께서 그의 자애를 베푸실 것이요, 밤에는 그의 노래가 나와 함께 있으리라."

하지만 그곳에 더 머무를 수는 없는 노릇이었답니다. 사자는 아담을 데리고 순식간에 아담 집으로 돌아왔습니다. 아담은 자기 집을 보고 화들짝 놀랐습니다. 분명 보잘것없고 우울해 보였던 집이었는데 햇빛이 창문을 비추고 있는 게 아니겠어요! 오랫동안 해가 들어오지 않았던 집인데 말이에요! 찬란한 햇빛이 탁자 위에 있는 약속의 책을 비추고 활짝 열린 창문으로 바람이 들어와 책장을 이리저리 넘기며 놀고 있었어요. 아담과 사자가 집에 들어서자 햇빛을 가득 머금은 말씀이 반짝반짝 빛나며 아담의 시선을 사로잡았습니다.

 자기 아들을 아끼지 아니하시고 우리 모든 사람을 위하여 내어주신 분이 어찌 그 아들과 함께 또한 모든 것을 우리에게 값없이 주시지 아니하겠느냐?
 죽었다가 다시 살아나신 분은 그리스도시라. 그분은 또한 하나님의 오른편에 계셔서 우리를 위하여 중보하시느니라. 누가 우리를 그리스도의 사랑에서 떼어 놓을 수 있으리요?

 그러더니 '주께서 너의 모든 간구를 이루시리라!'는 말씀이 노랫가락처럼 흘러나와 온 방을 가득 채웠어요. 아담이 뒤를 돌아보자 사자는 이미 떠난 뒤였답니다.

에필로그

아담 슬로우먼이 현재 어떤 모습인지 여러분들이 볼 수 있었다면 참 좋겠네요. 왕실 마차가 와서 과부를 왕궁으로 데리고 갈 때 과부는 아담에게 노래와 찬양을 유산으로 남겨주고 떠났답니다. 아담 집 근처에 가보면 과부가 가장 좋아하는 찬양 소리를 들으실 수 있을 거예요. 아담 집 문은 항상 열려 있으니까요.

오래전 주님의 말씀을 따라 주님을 받아들였네

내 죄들이 씻겨졌네
이제는 그 무엇보다도 그분의 약속을 주장하네
주여, 주님은 온종일 나의 것입니다!

아담의 집으로 가서 집 안을 들여다보면 모든 선반과 모퉁이에서 왕의 사랑의 증거를 발견할 수 있고 왕의 보살핌에 의심하고 불안해했던 과거의 죄를 용서받은 자비의 음성을 들을 수 있을 거예요. 그동안 아담은 본인이 오랜 기간동안 놓쳤던 축복들을 자비하신 주인님께서 어떻게 주셨는지, 왕의 사자를 날마다 어떻게 기다렸는지, 선물을 싣고 오는 트럭을 어떻게 반겼는지 신나서 이야기해주겠지요. 그리고 구속받은 땅에 들어가면 누릴 수 있게 되는 푸른 초장과 시냇물과 손잡이에 '주는 나의 목자시니'라는 말씀이 새겨진 고귀한 열쇠에 관해서도 말해줄 겁니다. 이 열쇠에 대해 간단히 설명하고 넘어가자면 영지 내의 다른 지역으로 갈 때는 문에 걸린 자물쇠를 열어야 하기 때문에 이 열쇠를 사용하는데, 열쇠가 완전히 녹슬어 버리면 더 이상 사용할 수 없었습니다. 계속 아담의 이야기를 이어 가볼까요? 아담은 출입이 제한된 정원에서 자라는 풍성한 과일과 왕의 사자와 함께한...

아니죠, 왕과 함께한 거룩한 만남에 관해서도 말해줄 겁니다. 또, 아담 자신이 너무 연약하고 근시안이어서 약속의 의미를 잘 알지 못했을 때 자애로운 왕께서 줄곧 어떻게 자신의 간구를 들으셨는지, 자신을 위해 어떻게 약속을 기억하셨는지, 자신의 유익을 위해 간구한 것을 무엇으로 바꾸어 주셨는지 말해 줄 거예요. 아마 아담은 겪은 모든 걸, 그 이상의 걸 알려줄걸요? 하지만 저는 이쯤에서 마무리하도록 하지요.

이 단편 소설은 많은 걸 담고 있고 이로 인해 생각의 여지가 풍부하답니다. 그래서 한낱 우화로 치부할 수는 없지요. '나는 굶어 죽어 가는도다!' 이 고백은 누가복음에 나오는 탕아만이 하는 절규가 아닙니다. 탕아에게만 국한할 수 없는 고백이지요. 주님의 수많은 자녀가 주님의 약속에 비해 자신이 얼마나 응답받고 사는지 세어본다면 이런 상황을 마주하곤합니다. 풀어서 말하면, 주님께서는 분명 자녀들의 풍족한 삶과 신선한 공급을 약속하셨는데 그 약속이 아직도 유효하긴 한 건지 물을 수밖에 없는 상황에 처해 있다는 거지요. 왕의 창고에 쓰여 있는 약속의 말씀은 여전히 유효하며 그분은 약속을 지키고 있는데도 말입니다. 왕께서는 자녀들이 구하는 모든 간구를 듣고 필요를 조달하세요.

　사랑하는 친구 여러분, 진주와 향신료가 풍부한 땅에 도착한 배가 무얼 바라겠습니까? 하늘나라로 갈 때는 또 무얼 타고 가야 할까요? '나의 기대가 그로부터 오는도다!' 진정, 이 말씀이 여러분의 좌우명인가요? 무역상이 깜깜한 해안 지대로 떠난 배가 보물을 잔뜩 싣고 돌아오기를 기다리듯 주님을 기다리고 있나요? '내가 종일 주를 기다리나이다.' 이 말씀이 여러분의 좌우명인가요?

　바울의 분명한 간구를 보세요! 바울이 어떻게 응답을 기대했는지, 어떻게 필요를 공급받았는지 보세요! '그래도 내가 하나님의 도움을 받았으므로 이날까지 계속하여' '이는 내가 이것이 너희의 기도와 예수 그리스도의 영의 공급으로 나를 구원에 이르게 할 줄 알기 때문이라. 나의 간절한 기대와 소망에 따라 내가 어떤 일을 당해도 부끄러움을 당하지 아니하고' 하늘로부터 온 병참선이 땅으로 내려와 바울의 간구에 응답하고 필요를 채워주었습니다. 누구도 이의를 제기할 수 없는 분명한 사실이랍니다.

이 책이 하나님의 자녀 중 하나인 왕실 가족의 손에 들어갈지도 모릅니다. 그 사람은 아마도 구속받은 땅에 살고 있지만, 영과 혼이 빈곤한 사람일 테지요. 사랑하는 친구 여러분, 부유하길 원하나 빈곤한가요? 주님께서는 모든 방이 가득 차서 더 이상 축복을 받을 수 없을 정도로 부어주고 싶어 하시는데, 항해를 떠났다 돌아온 배가 텅 비었다고 울고 있지는 않나요? 그렇다면, 주님께서 당신을 위해 "약속의 책"에 무어라 써 놓으셨는지 숙고해보세요! 하나님의 거룩한 약속의 말씀을 보세요! 기억하세요. 우리 죄를 구속하신 중보자, 예수 그리스도의 이름으로 보낸 편지는 절대 길을 잃지 않습니다. 기억하세요. 주님께서는 항상 우리 기도에 응답할 준비가 되어 있으십니다. 기억하세요. 주님께서는 지금도 말씀하고 계십니다. '너희 믿음대로 돼라.' 여러분이 믿음을 구하면 주님께서 믿음을 주고 기뻐하실 거예요.

  자, 여러분, 이제는 우리가 '소망의 집'에서 살아야 하지 않겠습니까? 왕의 자녀답게 살게 해달라고 하나님께 구해야 하지 않을까요? 우리를 왕과 제사장으로 삼으신 하나님께 찬송을 돌려 드려야 하지 않겠어요?

나이가 들면서 몸이 약해지고 말의 속도도 더뎌지고 슬픔에 젖을 수도 있지만 그럴 때마다 바닷속 깊은 곳에 있던 요나의 울부짖음을 기억합시다. '깊음이 나를 둘렀으며 해초가 내 머리를 둘렀나이다.' 요나가 아버지의 귀 혹은 하늘나라에 이르는 해저, 그곳에서 구원을 발견하지 않았던가요?

'내 혼이 내 안에서 기진했을 때 내가 주를 기억하였더니 내 기도가 주께 이르렀으며 주의 거룩한 전에 이르렀나이다.' 높은 하늘에서부터 깊은 바다로 뻗치는 주님의 자비와 도움을 발견하지 않았던가요? 주님께서 요나를 건져내실 때 요나는 찬양을 잊지 않았습니다. '나는 감사의 목소리로 주께 희생제를 드리겠으며 내가 서원한 것을 갚겠나이다. 구원은 주께로부터 오나이다.'

자, 이만 말을 줄이지요.

내 혼아, 너는 하나님만 기다리라.
나의 기대가 그로부터 오는도다.

주님께서 냉랭하고 어두운 세상에 제자들을 남겨 두고 떠나셨을 때 제자들에게 국한되어 있던 하늘의 신비가 구원받은 사람의 보증이 되어 날마다 새로워졌고 대대로 전해졌습니다. '구하라. 그러면 받을 것이니 너희 기쁨이 충만케 하려 함이라.'

제 2 부

상충하는 의무

"보시면 아시겠지만 상충하는 의무가 너무 많아요! 가정의 의무냐 자선의 의무냐! 가족이냐 이웃이냐! 이 모순된 의무들 중에서 뭐가 먼저인지 알려주세요. 저보다 더 잘 아시니까 제 어려움을 이해하실 거 아니에요."

지금 말하고 있는 사람은 상냥하게 생긴 중년의 여성인데 태도와 목소리에서 다급함이 느껴지네요. 그래도 말투와 인품에서는 유능하고 친절한 사람이라는 인상을 주는군요. 다소 산만하고 활달해 보이긴 하지만 말입니다. 그녀는 식구들을 대표해서 엘윈 목사님의 강연에 참석했습니다. 강연은 막바지에 이르러 결론을 맺은 뒤 각종 편지와 종이를 한데 모으고 있었고 그동안 그녀는 작별 인사를 하려고 했지요.

신망 높은 목사님의 얼굴에 상냥한 미소가 걸렸습니다. 목사님은 스탠턴 부인이 교회 활동에 항상 충실히 참여하고 있다는 걸 잘 알고 있었지요. 하지만 부인이 작별 인사를 할 때 목사님의 미소 뒤에는 의문이 서려 있었습니다.

"확실히 여러 요청을 받기는 하지만 상충하는 의무에 관해서 제가 다 안다고 하기는 어렵군요. 저는 자매님과 생각이 좀 다릅니다. 일단 모순되는 표현을 해결해야 하니까 실례가 안 된다면 잠시 찾아보겠습니다."

상충하는 의무가 없다니! 엘윈 목사님이 부인의 사정을 알았더라면! 목사님이 부인 집에 있는 책상을 지금 당장 볼 수 있었더라면! 그 책상에는 여성 감찰위원회의 통지서, 자녀들의 여름옷 목록, 아직 정리가 안 된 가계부, 대학에 있는 하버트에게 쓰다 만 편지, 월요일에 있을 어머니회 준비를 위해 대강 적어 둔 메모, '하인의 집' 입학 허가 신청서, (교실에서 내일 모임을 열기로 약속했기 때문에) 강의 시간표, 남편이 아프리카 선교사의 답사를 주제로 응접실에서 열리는 모임에 보낼 초대장을 대충 쓴 메모(주일학교 신문에 기사를 낼 예정)까지! 부인이 눈에 보이는 분망한 문제로 가득 찬 책상으로 돌아가서 잡다한 문서들을 뒤적거려야 할까요? 그런 문제는 모순된 의무를 겉으로 보여줄 뿐입니다. 물론, 부인이 보기에는 즉각적인 반응을 보여야 할 거 같겠지만요.

"목사님은 요청을 거절할 수 있으니 좋으시겠어요. 저는 그렇게 할 수 없을까 봐 두려워요."

"사랑하는 자매님" 목사님이 책상에 놓인 시계, 업무 목록, 다음 주일 설교를 표시해 놓은 히브리서 책 그 어딘가를 바라보다가 갑자기 의문을 제기했어요. "만약에 제가 '상충하는 의무'가 가능하다고 믿잖아요? 그러면 저는 목회를 그만두어야 합니다. 또 '모든 일을 품위 있게 하고 또 질서 있게 하라.'는 말씀을 지킬 수 없게 된답니다. 저를 한 번 믿어

보세요. 솔로몬이 이 사실을 알고 있었는지는 모르겠지만, '내가 주 앞에 간구한 나의 말씀이 밤낮으로 주 우리 하나님께 가까이 있어 주의 종의 소원을 필요할 때면 어느 때나 이루어 주시어'라고 말했죠. 이 솔로몬의 고백은 신약성도의 삶에서도 매우 중요합니다. 이 삶은 아이처럼 주님을 따라가면 자연히 축복을 받는 삶이지요. 그리고 그런 삶은 여러가지로 경이로운 변화를 일으킬 겁니다. 소위 말하는 '상충하는 의무'가 만들어낸 혼란이 아니라 '강물처럼 흐르는 화평'이 하늘로부터 온 완벽한 계획을 증거할테니까요."

목사님은 서랍에서 종이를 꺼내 봉투에 넣고 봉한 뒤, 부인의 손에 쥐어 주고는 이렇게 말했습니다. "자매님이랑 저랑 사실 알고 지낸 지 오래된 친구잖습니까. 그러니까 자매님한테 도움이 될 만한 걸 알려 드리지요. 사실, 이게 저한테도 큰 도움이 되었거든요. 자매님, 내일 아침 헌신예배 때 이 봉투를 꼭 열어 보세요. 새로이 시작하는 하루는 하나님께 헌신하는 날입니다. 그 하루 동안은 기초 원리, 곧 주님께서 모두에게 개별적인 인도를 약속하셨다는 원리를 꼭 기억하세요."

스탠턴 부인은 봉투를 받은 후, 약간은 기계적으로 감사를 표했어요. 부인이 목사님의 말씀을 떠올리려 해도 실제적인 어려움으로 인한 번민이 부인의 생각을 어지럽히고 있었습니다.

"저는 목사님이라면 저보다 훨씬 더 특별한 선물을 받으시는 줄 알았어요. 저희 집에 쌓인 문제들이 상충하지 않게끔 각종 요청을 줄이고 매듭지을 수 있는 그런 선물 말이죠."

"상충하는 요청은 당연히 있죠!" 목사님이 말했습니다. "그건 또 다른 문제입니다! 만약에 제가 모든 요청을 의무로 간주했다면 저는 각 지역에 있는 모든 교회와 학교에 동시에 있어야 할 걸요? 제가 학교와 직원들 관리, 히브리서 주석 집필, 성경 공부 준비 이 모든 일에 동시다발적으로 주의를 기울일 수는 없는 노릇입니다. 만약에 제가 이 모든 일에 의무를 지고 있다면 부인께서 이렇게 방문해준 것에 감사하고 부인께서 문제 해결을 위해 도움을 요청할 때 실제적이고 지속가능한 해결책을 강구할 수 없을 거예요. 순서와 방법이란 우리가 해야 할 일을 순차적으로 정리하는 최상의 도구이며

신중한 대표자의 능력이란 일류 직원을 두는 겁니다. 하지만 그게 다가 아니랍니다. 위로부터 오는 공급이 반드시 있어야 해요. 즉, 요청을 받아들이려면 순서를 파악하는 능력이 필요합니다. 또, 요청이 의무가 되게 하려면 결정적인 순간도 필요하지요. 저는 현명한 세실 형제의 말을 즐겨 사용합니다. '부르심은 선한 일을 할 기회와 그 일을 수행할 능력으로 이루어져 있다.' 모든 시간과 힘을 다해 하나님께서 주신 의무들을 늘 새롭게 이행해야 하는데 지금 우선적으로 하는 일이 하나님의 뜻에 따라 첫 번째 명령을 수행하지 못하게 하는 일이라면 제가 아무리 마음이 끌린다고 하더라도 그건 하나님의 '부르심'이 아닌 거예요. 기회와 능력 모두 부족할 테니까요."

"부인, 저기 포도나무 보이세요?" 목사님이 말을 이어갔습니다. "아침에 이런 생각이 들더군요. 저 포도나무에서 정말 수없이 많은 작용이 일어나고 있겠구나! 토양과 대기에서 화학적인 분해가 일어나고 그로 인해 수많은 자양분이 만들어지고 햇빛이 잎이 무성한 나무와 열매에 닿아 활기를 띠고 포도송이 하나하나가 숨을 내뿜잖습니까. 나무 각각의 요소

요소가, 작은 일 하나하나가 포도나무를 온전하게 하는 겁니다. 미리 계획된 순서를 온전히 이루어 나갈 때 어느 구성원도 서로 상충하지 않아요."

"확실히, 하는 일이 많긴 하네요." 스탠턴 부인이 무미건조한 목소리로 답했습니다. 부인은 목사님이 말하면 언제나 흥미와 존경심을 보였기 때문에 목사님이 예시로 제시한 설명을 듣고 마음속으로 그림을 그려 보면서 포도나무의 삶을 자신이 현재 맡아서 하고 있는 다양한 일에 접목해보았어요. "하지만 포도나무는 목사님처럼 설교를 쓰거나 교회를 돌보지 않을뿐더러, 저처럼 자녀, 하인, 가정을 돌보거나 동시에 여러 곳에서 일해야 하지도 않은걸요?"

엘윈 목사님이 미소를 머금고 답했습니다. "저는 설교 준비에 관해 아는 게 없는걸요? 설교할 때 포도나무 선생을 조금도 따라 할 수 없으니 정말 감사하지요! 자매님, 동시에 여러 곳에서 일을 하는 건 불가능합니다. 저뿐만 아니라 모두가 그럴걸요? 그리고 자매님이 말씀하신 것처럼 제가 동시에 여러 곳에서 일하려고 하잖아요? 그러면 분명히 모든 지역에서 일을 망칠 겁니다."

말을 마친 후, 목사님은 성경을 펴서 에베소서를 읽기 시작했습니다. "우리는 그분의 작품이니 그리스도 예수 안에서 선한 일들을 위하여 창조되었느니라. 이 일들은 하나님께서 미리 정하시어 우리로 그것들 가운데서 행하게 하려 하신 것이라."

"예전에 제가 시간표를 지키는 일에 집착했던 적이 있습니다. 제 생각대로 틀을 딱 짜 놓은 거지요. 그러니까… 최대의 효과를 보면서 효율적으로 활동하고 자기관리도 하려고 시작한 셈이지요. 그래서 요청에 응할 때 약간의 불규칙 혹은 좀 시간표에 안 맞으면 짜증이 났습니다. 공부하는 데도 많은 시간을 들여야 하고 교구도 자주 방문해야 하고 여러 성도 가정에서도 저를 부르고… 사실, 제가 스스로 약속한 시간을 엄격히 지키는 게 가장 중요하다고 생각했던 거 같아요."

"성결의 첫 번째 가르침, '그리스도를 위하여'는 배웠지만,

그 뒤에 따라오는 '그리스도의 명령에 따라 그리스도를 위하여'는 배우지 못한 셈이지요. 사역을 효과적으로 지속하려면 식물의 수관이나 잎맥처럼 계획, 체계, 방법이 꼭 필요합니다. 그러나 이 모든 것들은 더 높은 통치, 곧 초자연적인 계시로 나타나는 게 아니라 매일의 의무와 가끔은 따분하게 느껴질 수 있는 반복적인 일로 다가오는 더 높은 통치에 굴복해야 해요. '네 모든 길에서 그를 인정하라. 그리하면 그가 네 길들을 지도하시리라.'고 말씀하신 하나님께서 각자에게 계획하신 일이 먼저이지요."

"하나님께서는 내 시간표가 아니라 하나님의 시간표에 나를 맡겨야만 시간을 사서 얻을 수 있다고 가르쳐 주셨어요. 먼저, 하나님이 세우신 최상의 계획을 인정해야 합니다. 그 계획은 멈출 때와 걸어갈 때, 지금 받은 요청이 방해인지 부르심인지 알려주지요. 그리고 일상생활에서 일어나는 '사소한' 사건에서도 하나님의 뜻을 구해야 해요."

"하나님의 시간표에 나를 더 많이 맡길수록 어린아이같이 순종하는 습관이 날로 자라간답니다. 우리는 하나님의 섭

리로 상황을 보는 법을 더 많이 배우고 우리의 생각과 하나님의 생각이 선한 일들 안에서 시시각각 만나는 영적 교감을 더 자주 이루어 나가야 해요. 하나님께서는 '너희가 자원하고 순종하면 땅의 풍요함을 먹을 것이나'라는 말씀대로 하나님의 뜻에 순종하여 실행하는 자를 지금도 붙들고 계시고 '종들의 눈이 주인들의 손을 바라보는 것같이 우리 눈이 주 우리 하나님을 기다리오니'라고 부르짖는 자에게 '내가 너를 내 눈으로 인도하리라.'라고 답하시니까요. 우리는 그저 기다릴 뿐입니다. 그러면 하나님께서 부르심을 한 번에 하나씩 보여주실 거예요. 그 부르심이 진정한 의무입니다. '말씀의 음성에 경청하여 그의 계명들을 행하는 그의 천사들'의 임무를 편성하는 하나님께서 힘을 갑절로 아끼는 체계와 방식을 알려주실 거예요. 자, 여기서 우리가 반드시 기억해야 하는 사실은 하늘에서 선한 일들을 준비해서 내려보낼 때는 두세 개씩 오는 게 아니라 하나님의 명령에 따라 한 번에 하나씩만 온다는 겁니다. 우리가 믿음과 인내로 날마다 하나님의 계획을 따라 길을 걷게 해달라고, 주를 두려워하는 자의 향기를 내게 해달라고 구하면 하나님의 영광과 뜻에 따른 은밀한 교제를 통해 서로의 생각을 더 잘 알게 될 거예요."

스탠턴 부인이 잠시 침묵했습니다. 엘윈 목사님의 말씀이 일순간 부인의 마음을 열어 잔잔한 풍경과 평온한 영을 선사했거든요. 부인은 자신이 이런 경험을 할 수 있을 거라고 생각해 본 적이 없었답니다. 부인은 여덟 자녀의 어머니이자 지역 손님을 맞이하는 임원이고 주부이며 선한 일들에 뒤치다꺼리 하는, 다방면에서 활동하는 바쁜 사람인데, 어떻게 이렇게 고요한 순간을 누릴 수 있는 걸까요? 목사님의 말씀으로 인해 부인이 지금껏 고수하고 있던 견해는 부인의 시야에서 사라져버렸습니다. 물론, 목사님은 포도나무를 보고 느낀 사색과 탐구를 부인이 받아들인다고 하더라도 '사람들은 이해할 수 없다'는 말처럼 부인 역시 이 진리를 이해할 수 없을 거라고 생각했지만요.

잠깐의 침묵 후 부인이 입을 떼 질문하자 목사님은 부인의 눈빛을 읽었습니다. "그렇다면 수많은 의무와 부름 중에서 무엇이 옳은 의무인지 또 어떤 부름에 먼저 답해야 하는지, 그건 어떻게 알 수 있나요? 똑같아 보이는 요청이 들어오는 경우나 소홀히 해도 되는 일에 우선권을 줘야 하는 경우에는 어떻게 확신할 수 있나요?"

"순종하는 자녀는 아버지의 생각을 더 잘 알게 되지요. 주님의 개별적인 명령을 사실로, 일상 생활에서 결정을 내릴 때 가장 근본적인 원칙으로 받아들이면 주님의 인도와 우선순위를 알아보는 영적 습관이 제2의 본성이 된답니다. 그러면 거룩한 목표라 할지라도 분망했던 일이 온전히 평온하고 잔잔한 일로 변하게 될 거예요. 매일 의무를 수행할 때 가장 기본적으로 필요한 것들 있잖습니까. 일상적인 일에서 발휘되는 사고력, 상대적인 부름을 비교하여 따져보는 상식... 이런 것들이 그리스도인의 생애에서는 '아버지께서는 나를 홀로 남겨두지 아니하셨으니 이는 내가 언제나 그분을 기쁘게 하는 일들을 행하기 때문이라.'라는 말씀처럼 그 동기가 영적인 시각으로 변하는 겁니다. 아마도, 하나님께서 인도하신 대로 결정하고 그에 따른 모든 결과에 대해서 '주님께 책임이 있습니다.'라는 말이 마음에서 습관적으로 우러나오게 될 걸요? 자매님! 조심히 들어가세요. 우리 모두 '나를 위해 모든 것을 이루시는' 주님으로부터 걱정 없이 행복한 삶을 누리는 비결과 불화 없이 일하는 비결을 배울 수 있으니까요!"

목사님과 부인이 악수하는 동안 교실 문을 다급히 두드리는 소리가 들렸습니다. 스탠턴 부인이 말한 "상충하는 의무"가 직원의 모습으로 나타난 셈이었죠. 직원이 다급하게 말했습니다. "목사님, 병원에서 연락이 왔어요. 지난주에 철로에서 사고를 당한 존 헤이 형제 상태가 더 악화되어서 목사님을 다시 한번 더 뵙고 싶다고 하네요. 외과 의사가 지금 당장 오셔야 한다는데요?"

"윌리엄 형제, 잠깐만." 엘윈 목사님이 말했어요. 그 사이 스탠턴 부인은 문을 지나갔지요. 그때 그녀 귀에 이런 말이 들렸습니다. "이 상황에서는 우선순위가 매우 분명해. 여하튼, 지금 주일설교나 히브리서 주석 집필이 중요한 게 아니니깐."

2

　스탠턴 부인은 유월의 햇살을 따라 '하인의 집'으로 걸어가면서 곰곰이 생각했습니다. '하인의 집'에서 부인 소관 하에 있는 사감이 쪽지를 보내왔거든요. 부인이 받은 쪽지가 성경에 비추어 봤을 때 아름다운 글이었을까요? 아니면, 일상생활에서 영적 교감을, 평안한 활동을, 평온한 섬김을 나타내는 글이었을까요? 지금 그녀 앞에 놓인 건 선택의 문제가 아니었습니다. 그렇다면 그저 어린아이같이 참된 길을 따라가면 출생권에 따른 화평과 쉼이 실현될까요?

"매 순간 하나님의 뜻이 내 생각을 관장하는 거 같네." 부인이 중얼거렸어요. "내 생각엔 여자의 삶이 참... 작은 것 하나하나까지도 알려주시는 그 손... 하나님의 손을 작은 일에서도 보려면, 나의 하루하루를 새로이 마련된 선물로 여기려면 하나님 앞에 엎드리고 그분이 미리 정하신 계획에 따라 시시각각 실행해야 해. 사람이 이렇게 하기가 너무 힘들다고 느껴지고 시시각각 오고 가는 일이 너무 사소하게 느껴진다고 하더라도... 그래도..." 스탠턴 부인이 깔끔히 단장된 집 문의 초인종을 눌렀어요. 그 순간, 이른 아침, 집에서 나오기 전에 읽었던 말씀이 떠올랐습니다. "너희가 나를 선택한 것이 아니요 내가 너희를 선택하여 임명하였나니 이는 너희로 가서 열매를 맺게 하고 너희 열매가 남아 있어 너희가 나의 이름으로 아버지께 구하는 것은 무엇이든지 그분께서 너희에게 주시게 하려는 것이니라."

"이 말씀이 꼭 내가 지금껏 헤아리거나 가늠하려 했던 것보다 더 큰 교제, 연합, 결실을 의미하는 건 아니잖아?" 부인이 중얼거렸습니다. "목사님 말은 틀렸어... 아! 이 말씀대로 살 수만 있다면!"

사감은 작은 응접실로 부인을 모신 뒤 부인을 부른 이유를 이야기했어요. 이곳에 관해 설명하자면 하인이 스스로 자립할 수 있게 도와주고 어려움을 겪을 때는 두 손 걷고 도와주는 집입니다.

"메리 안니스 때문에 부인을 불렀어요." 사감이 말했습니다. "같은 여성으로서 메리의 성격을 물으신다면 오늘 오후 1시에 올 테니 그때 보면 알게 되실 거예요. 메리가 부인의 추천장을 받고 싶다고 하더군요. 메리가 마지막으로 있던 집의 안주인이 추천장에 메리 성격에 대해 '정직하고 착실하고 건전하다'고 써주지 않겠다며 퇴짜를 놓았다고 했다네요. 부인께는 솔직히 말씀드리는 게 맞는 거 같아서... 혹시 그 불쌍한 아이가 일을 그만두어야 할 수도 있으니까요..."

"메리한테 그런 일이 생기다니... 참, 이해가 안 되네요." 스탠턴 부인이 말했어요. "메리는 겸손하고 믿음직한 아이잖아요. 좋은 집안에서 자랐고 일도 잘하던데요? 저는 메리를 유치원 때부터 봤거든요. 제 판단으로 보면 메리는 기꺼이 남을 도와주는 착한 아이예요."

"충분히 적극적인 아이죠." 사감이 답했습니다. "하지만 제가 보기에는 그게 문제인 거 같습니다. 어찌 보면 위험한 거지요. 제가 이번 주에 메리를 데리고 있어보니까 알겠더라고요. 착한 가정부인 메리를 보니 얼마나 답답하던지... 하다 못해 착한 가정부로 훈련시킨 사람도 답답하더군요. 부인도 아시잖습니까. 안주인이 시킨 걸 어떻게 할지 잘 알고 싶어 하는 건 의미가 없거든요. 메리는 딱 이것만 고치면 됩니다. 대체적으로 보면 메리는 명령에 순종하려고 하니까요. 단, 안주인이 메리가 할 수 있는 역량보다 더 많은 걸 요구한 건지 아니면 메리가 자기 생각대로 일한 건지는 저도 잘 모르겠습니다. 어쨌든, 제가 메리를 데리고 있어본 결과 메리는 잘 훈련받은 다른 하인들처럼 일을 해낼 수가 없어요. 약간 정신 나간 사람처럼 일을 하더라고요. 제때 일을 해내지 못하면 과로한 사람처럼 호들갑을 떨면서 걱정하니... 원... 그런 식으로 일을 하면 윗사람의 신뢰가 당연히 뚝 떨어지죠. 날이 가도 변하지 않았어요. 계속 서두르고 마무리도 못하고... 그 애나 저나 이런 생각이 들더라고요. 지금도 앞으로도 일을 절대 마무리할 수 없겠구나... 뭐, 이런 생각이요. 어제만 해도 그래요. 메리에게 방을 깔끔히 치우라고 말했거든요?

방 청소에 관해서라면 저만큼이나 잘 아니까 기꺼이 그 일을 하러 가더라고요. 참 보기 좋았지요. 그동안 전 요리를 하고 있었습니다. 근데 좀 이상하더군요. 메리가 청소하려고 복도에 의자를 내놓은 지 꽤 된 거 같은데 너무 조용한 거 아니겠어요? 그래서 제가 무슨 일인가 싶어서 올라가 봤지요. 그런데 맙소사! 메리가 눈코 뜰 새 없이 바쁜 거예요! 메리가 무얼 하고 있었는지 아세요? 첫 번째 창문을 닦기는커녕 분무기와 가위를 들고는 화분에 담겨있는 꽃과 창문을 둘러싼 담쟁이덩굴을 싹둑싹둑 자르고 있었지 뭐예요!"

"참 어이가 없는 상황이었습니다. 그 와중에도 메리는 활기차게 말하더군요. '아, 휴즈 부인! 조금 있다가 오셔도 되는데! 오시기 전에 오래된 잎들을 좀 정리하려고 담쟁이덩굴을 자르는 참이었거든요!' 그래서 제가 이렇게 말했지요. '메리야, 다 좋은데, 나는 꽃 화분을 돌보라고 말한 적이 없어. 그 화분은 내 아픈 조카딸이 아끼는 거야. 게다가 내 조카딸은 다른 사람이 화분에 손대는 걸 매우 싫어한단다. 내가 분명히 방을 청소하라고 했는데... 보니까 반이 뭐야, 반의반도 못했구나? 저기 선반에 펼쳐져 있는 건 뭐니? 이 종이 찌꺼기

들은 또 뭐니?' 그러자 집사가 와서 신나게 말했어요. '다 만들어지기 전까지는 모르실걸요?' 제 질문에 메리는 이렇게 답했지요. '응접실에 놓을 장식품을 만들려고 그랬어요. 불꽃 모양으로요! 이전 안주인도 이 장식품을 만드셨거든요. 다만, 제 예상보다 시간이 오래 걸려서...' 그 말에 저는 이렇게 답했답니다. '메리야, 내 말 좀 들어봐. 내가 화분과 장식품으로 둘러싸인 방을 청소하라고 할 때는 집안일을 할 충분한 시간을 주겠지? 너도 잘 알다시피 그동안 넌 네 의무를 다해야 해. 네 의무가 무엇이겠니? 가구를 들어서 덮개를 씌우고, 찻잎을 쓸어서 버리고, 페인트를 다시 칠하고, 창문을 닦고, 광택제로 문지르는 거겠지? 집안일을 할 줄 모르면 다른 집에 갈 수 없어. 너 좋을 대로 일하는 게 아니라 안주인이 원하는 대로 일해야 해. 네 마음대로 일해 놓고 '부인이 좋아하실 줄 알았는데...'라고 말하면 안 된단다. 내가 시키는 일을 명령대로 수행해야 해. 그게 바로 단순한 의무이고 네가 해야 할 일이지.'"

휴즈 사감은 잠시 숨을 고르고 다시 말을 이어갔습니다. "말했듯이 메리는 착한 아이입니다. 평소에 적극적이긴 한

데, 문제는 일할 때 그렇지 못하다는 거지요. 어제도 방 청소에만 두 시간이 걸렸는데, 결국 마무리를 못 했습니다. 또, 오후에는 티타임까지 옷을 수선 해달라고 부탁했는데 그때까지 마무리를 못 해서 제가 직접 티타임 응대를 해야 했어요. 사실, 어제 제가 하녀들한테 약속했거든요? 제때 할 일을 다 하면 저녁에 교사(校舍)에서 열리는 선교회에 가라고요. 근데 메리는 일을 못 마쳤으니 보낼 수가 없잖아요. 그게 어찌나 마음에 걸리던지... 하지만 메리가 집에 남아서 다섯 시까지 끝내야 했던 옷 수선을 마저 마무리하는 게 메리한테 좋은 교훈이 될 거라고 생각했어요. 저는 메리에게 이렇게 말해주었습니다. '메리야, 흔히들 뜻이 있는 곳에 길이 있다고 말하잖니. 하지만 너는 좀 다르단다. 뜻이 있지만, 그 뜻을 네 방식대로 하고 싶어 하거든. 네 앞에 그 뜻으로 가는 바른 방향이 놓여 있어도 넌 네 방식을 고집하지. 하늘을 보렴. 태양은 자기 일을 할 뿐, 달이나 별들의 일에 간섭하지 않는단다. 그건 자기가 할 일이 아니거든. 태양은 낮에 세상을 밝혀주고 달은 밤에 그 일을 하니까. 자, 모든 일에는 질서가 있단다. 그리고 이 질서는 우리에게 시로 전달되었지. 너도 자주 그 시를 부르지 않니?'"

오, 나는 태양처럼 정해진 매일의 의무를 다하리라.
준비된 마음과 적극적인 의지로 하늘의 길을 따라가리라.
진군하리라.

"휴즈 사감" 스탠턴 부인은 사감의 예시가 과학적으로 정확한지 물으려고 끼어든 게 아니었습니다. "그 문제에 있어서 메리에게 좋은 교훈을 주신 건 다행이지만, 지금 메리의 처지는 어떤가요?"

"메리의 안주인으로는 번사이드 부인이 제격입니다. 번사이드 부인은 착하고 공평하고 한결같은 사람이지요. 그리고 하인 각자가 맡아서 할 일을 정해 놓는다더군요. 큰 저택에 사는 안주인은 그러기가 쉽지 않을 텐데 말입니다. 번사이드 부인은 사전에 계획을 짜서 무슨 일을 해야 할지 알려주는데, 일할 때는 꼭 부인의 방식대로 해야 한대요. 뭐, 한 번에 많은 방을 관리하게 하지 않는다니까… (이 대목에서 스탠턴 부인은 한 시간 전에 엘윈 목사님과 나눴던 대화가 생생히 떠올랐답니다) 그리고 부인은 본인이 하인들을 신뢰하고 있다는 걸 하인들이 스스로 느끼게끔 해서 (메리에게는 안주인의 신뢰가 꼭 필요하지요) 하인들이 지식과 사랑으로 일하게 한대요. 저는 메리가 이 집에 가면 좋겠습니다. 번사이드 부인에게는 메리의 결점에 관해서 말해 두었어요. 번사이드 부인은 본인이 메리 성격이나 적극적인 태도에 관한 저희 생각을 고려하고 있으니까, 부인이 이 자리에 적합한 사람으로 메리를 추천해주면 시험 삼아 메리를 데리고 가겠다고 했습니다. 번사이드 부인은 지금 자기 하녀가 모친이 돌아가셔서 자리를 비웠으니까 메리가 내일 왔으면 좋겠다고 하더라고요. 그래서 저는 부인이 추천서를 잘 써주실 거라고 말해 두었습니다."

"당연히 그래야지요." 스탠턴 부인이 말했어요. 스탠턴 부인은 사감으로부터 여러 가지 조언을 받고 메리의 운명을 결정지을 추천서를 작성하기에 앞서, 메리와 개인적으로 만나 이야기하려고 메리를 불렀어요. "메리야, 너나 나나 꼭 기억해야 하는 게 있단다. 우리는 종종 내 뜻대로 일하려고 하는 습성이 있어. 이 땅에서 안주인을 섬길 때뿐만 아니라 하늘에 계신 주인님을 섬길 때도 마찬가지야. 내 방식대로 일하려고 하는 거지. 하지만 주인이 시킨 대로 하지 않는 건 주인을 위해서 일하는 사람의 자세가 아니란다." 스탠턴 부인의 저의에는 조금 전 엘윈 목사님과 나눈 대화가 깔려 있다는 사실을 메리는 알 턱이 없지요.

스탠턴 부인은 말을 마친 후 개인 서랍을 열어 밝은 리본이 달린 깔끔한 카드 한 장을 꺼냈습니다. 카드에는 이런 글이 적혀 있었어요.

주여, 내가 어떻게 하기를 원하시나이까?

스탠턴 부인이 카드를 메리에게 건네 주자 메리가 눈물을 글썽였습니다. 부인은 한 손으로 메리의 어깨를 쓰다듬으며 메리를 위로했지요. 부인은 사감이 말했던 메리의 성격이나 앞으로 겪을 상황에 마음이 쓰였습니다. "메리야, 그 카드를 네 옆에 두고 매일 아침 하나님께 구하거라. 오늘 하루 동안 안주인과 주인이 시키는 대로 일할 수 있게 해달라고, 주님이 시키시는 대로 일하게 해달라고, 아주 사소한 일이라 해도 주님을 사랑하는 마음의 동기를 가지고 일할 수 있게 해달라고... 그렇게 구하거라. 그리고 기억하렴. 그 집에 너를

취직시켜 주신 분도, 너를 위해 생명을 내어놓으신 분도 하나님이시란다."

스탠턴 부인은 그늘진 밤나무 길을 걸어가며 생각했습니다. "내가 메리한테 한 말이 사실은 나 자신한테 하는 말이라는 걸 메리가 알까?"

"오늘 아침에 집에서 나올 때부터 가르침을 받은 거 같아. 그래서 완전히 새로운 시각이 열린 거지. 세 시간 전에 목사님과 대화를 나눈 뒤로 특별한 빛으로 조명을 받은 게 틀림없어. 집에 가자마자 목사님이 한 말을 전부 적어 두어야겠다. '걱정 없이 살고 불화 없이 일하라' 그래 맞아. 목사님이 가볍게 하신 말씀이 아닌 거야. 정말 진심이셨던 거지. 내가 이 진리를 놓치고 산 거야... 오늘 학교 모임이 취소돼서 다행이군. 덕분에 이 귀중한 말씀을 계속 묵상할 수 있겠어."

평소와 달리 스탠턴 부인의 집에 고요가 내려앉았어요. 아이들은 가정교사와 함께 오래전에 약속했던 친구 생일파티에 갔고 유모는 낮잠을 자고 있어서 신경 쓸 필요가 없었습니다. 스탠턴 부인은 방을 둘러보고는 거실로 내려갔습니다. 집은 부인이 떠날 때와 다를 바 없는 모습이었답니다. 모든 게 제자리에 있었어요. 물론, 책상에는 각종 종이들이 있었지만, 부인 눈에는 지금껏 그 종이들이 거슬렸던 적이 없었답니다. 부인은 한동안 의자에 가만히 앉아 편지들을 바라보았어요. 몇몇 사람이 만든 각종 협회, 불완전한 협회가 보낸 각종 편지들이 뒤죽박죽 섞여 있었고 부인 눈에는 편지마다 협회를 대표하는 특징들이 들어왔어요. 순간, 그 편지들이 어렴풋이 삶의 증거로 보였습니다. 진정 사랑으로 섬기는 삶이지만 조급함과 불안 때문에 망가져 버린 삶의 증거... 부인은 난생처음으로 분명히 자각하기 시작했습니다.

부인은 문득 어렸을 적 읽었던 동화가 생각났습니다. 선한 일에 열심을 내지만 무질서한 사람이 있었는데, 결국 그 무질서로 인해 걷잡을 수 없는 혼란을 야기했지요. 그러자 요정이 나타나서 지팡이를 휘둘러 무질서했던 일들을 조화롭게 순서대로 정리해주는... 뭐, 그런 이야기였답니다.

동화 속 이야기처럼 부인의 영적 시각에 무슨 일이 생긴 걸까요? 지금껏 깨닫지 못한 인생의 실마리가 어렸을 적부터 알았던 말씀으로 부인의 눈 앞에 나타나지 않았던 걸까요? 아니면 말씀이 매일 능력으로 나타났으나 부인이 반응하지 못한 걸까요?

부인은 성경을 펴서 에베소서를 읽었습니다. 그러자 이 말씀이 강한 힘을 발휘하며 부인의 눈을 사로잡았어요.

너희는 어리석게 되지 말고 주의 뜻이 무엇인지 이해하라.

"흠... 메리에게 꼭 필요한 조언을 해주었다니 다행이네! 그렇지만 나도 메리와 다를 바 없는 사람인걸? 나도 눈에 보이는 일들을 신경 쓰느라 정신없이 살아왔지. 그게 하나님의 뜻을 따르는 거라고 생각했는데... 그만둘 생각이 없으면서 이 많은 일이 나에 관한 하나님의 뜻이냐고 묻다니... 얼마나 어리석은지 원. 나는 어찌해야 할까... 새로운 습관을 들이기에는 너무 늦은 걸까? 지금 상태에 너무 익숙해져 버렸나? 목사님이 일할 때는 하나님의 인도를 빨리 알아채는 안목이 가장 기본적인 필수 요건이라고 하셨는데 그 안목을 구하기에는 너무 늦어버렸으면 어떡하지?"

부인은 목사님이 인용했던 말씀을 찾았습니다. " '선한 일들은 하나님께서 미리 정하시어 우리로 그것들 가운데서 행하게 하려 하신 것이라.' 이 말씀대로 살면 내 삶이 완전히 달라질 거야. 이 말씀을 지금 당장 실천하라고 보여주신 걸까? 자녀들이 부모가 세워준 계획대로 매일 학교에 가듯, 나 역시 아버지가 나를 위해 미리 짜 놓은 시간표대로 매일 살아가면 되는 걸까? 그렇게 하나님의 생각과 만나 명령을 받으면 되는 건가? 아! 하나님의 뜻대로 살면 하나님과 얼마나 더 가까워질까! '주께서 길에서 나를 인도하셨나이다.' 이런 고백이 절로 나오는 삶이란! 강한 믿음으로 사는 삶이란!"

스탠턴 부인의 생각은 꼬리에 꼬리를 물어 소싯적에 짧은 열차를 탔던 기억으로까지 이어졌습니다. 어렸을 적에 부인은 잠깐 머물렀던 집에서 스코틀랜드로 돌아오는 열차길에 올랐었는데 뜻밖의 긴 여행을 하게 되었어요. 그 당시에 꽤 어린 소녀였는데도 보호자 없이 열차를 타고 몇 날 며칠을 이동했답니다. "아버지의 사랑이 내 앞에 있었구나!" 부인이 속으로 생각했어요. "어제 일처럼 생생히 기억나. 열차를 갈아타야 해서 정류장에 내렸을 때 어떤 사람이 인사를 건네 왔었지. 그 사람이 친절히 알려주어서 여행을 잘 마칠 수 있었는데... 아! 그 여정 동안 나를 보호하셨구나! 그 놀라운 계획이 내 지식이 아니었던 거야! 목사님 말씀대로 안목을 구해서 받았다면 내가 순례길을 걸어오는 동안 그 모든 순간에 아버지의 사랑과 미리아심이 나타나 길을 비추어 주었을 텐데! 놀라운 진리야... 멀리 떨어져 있는 친부모와는 사랑의 교제와 감사를 편지로 나누지만, 하늘에 계신 아버지와는 영적 교감을 통해 끊임없이 나눌 수 있다니! 하나님께서 미리 정하신 선한 일들은 주님의 혼과 나의 혼이 실제로 만나는 새로운 정류장인 셈이야."

"그렇다면, 나는 이 길을 걸을 준비가 됐을까? 진심으로 원하고 있는 걸까? 주님으로부터 무언가를 받으면 포기해야 하는 것도 생길 텐데... 메리가 화분과 장식품을 가지고 벌인 짓을 생각해보자... 나 역시 감당 못 할 일을 하겠다고 난리였잖아? 나도 메리와 다를 바 없어. 하나님께서 내게 첫 번째로 시키신 일은 매우 분명해! 가정을 돌보는 게 내 의무지. 그렇지만... 내가 맡았던 일을 다른 사람에게 넘기면 만족이 될까? 집안일을 비교적 덜 하는 사람한테 내 수업 중 일부를 위임하면... 여가 시간이 충분히 생기겠지? 항상 신문 원고 작업을 최우선으로 해왔는데... 참 즐거운 일이지만, 일단 소량으로 줄이고 하나님의 말씀을 교사로서 또 학생으로서 더 깊이 공부하는 시간을 가져야 할까? 아까 목사님께 여쭤봤었지. 어떻게 여러 요청들을 순서대로 정리하는지, 그걸 어떻게 확신할 수 있는지... 목사님 말이 맞아. 진정 내 뜻을 하나님 앞에 내려놓지 않으면 하나님의 뜻을 알 수 없어. '내 양들은 내 음성을 들으며 나는 그들을 알고 그들은 나를 따르느니라.' 이 말씀에 전부 다 담겨있지. 자, 이제 나를 돌아보자. 나는 내 뜻을 주님의 뜻에 굴복시켰나?"

부인의 간절한 바람은 머리에서 마음으로 내려왔습니다. 부인은 마음으로 울부짖으며 기도했지요. "랍보니여! 선생님이여!" 스탠턴 부인이 성경에 손을 올리고 소리 내어 기도드렸습니다. "주께서 기뻐하시는 주의 길이 무엇인지 가르쳐주세요! 주님께서 명령하신 것을 거절하여 축복을 놓치지 않게 해주세요! 아주 작은 선한 일도 알아보지 못하는 아둔함으로 인해 주님의 사랑과 인도를 절대 잃지 않게 해주세요! 일해야 하든지, 기다려야 하든지, 수고해야 하는 일이든지, 고통스러운 일이든지, 무엇이 되었든 간에 주님께서 나를 위해 계획하신 일을 수행하게 해주세요! '보소서, 주의 여종이오니 당신의 말씀대로 이루어지이다.'"

3

 저녁이 되자, 스탠턴 씨가 은행에서 퇴근하여 집으로 돌아왔고 아이들도 생일파티를 마치고 집으로 돌아왔습니다. 식구들은 아내이자 엄마인 스탠턴 부인이 좀 달라졌다는 걸 느꼈어요. 가족들을 반갑게 맞이할 뿐만 아니라 남편이 오늘 하루에 있었던 일을 이야기하고 아이들이 '즐거운 은행 휴무'에 열리는 발표회에 관해 떠들 때 그 이야기를 들으면서 자유로이 공감했거든요. 그러자 아이들은 헬스톤 능선을 떠돌아다닌 이야기, 산비탈에서 다과회를 한 이야기, 의기양양하게 꽃 트로피를 집으로 가져온 이야기를 신나게 떠들기 시작했고 부인은 그 이야기에 진심으로 귀를 기울였습니다. 분명히 실재하지만, 뭐라 말하기 힘든 무언가가 부인의 삶을 바꿔놓았지요. 부인은 지금껏 경험했던 교제보다 더 높은 차원의 교제, 살아있는 교제에 발을 디디기 시작했습니다. 그동안은 혼이 고요할 틈이 없었는데 말이지요.

'늦은 저녁 식사' 입장권은 웨스트뷰 로지에 사는 아이들이 엄격하게 지키는 생일 특권 중 하나였습니다.

"아빠, 해리 생일이 되면 저녁에 책 읽어주겠다고 약속했잖아요!" 두 딸이 웃으며 소리쳤습니다. 온 가족은 꽃으로 뒤덮인 복도를 지나 거실로 자리를 옮겼어요.

"엄마, 바쁘세요? 저희랑 같이 앉으면 안 돼요? 엄마는 항상 책상에 앉아서 글쓰기만 하잖아요. 저희랑 같이 놀 시간도 없이 바쁘고... 엄마 그렇게 일 많이 하는 거 안 좋아요. 엄마도 쉬고 싶지 않아요?"

"이런, 어쩌니! 너무 바빠서 어쩔 수가 없구나!" 부인이 말했습니다. "너희들이 헬스톤 능선을 돌아다닐 동안 엄마는 여러 가지 일을 정리했단다. 그리고 오늘 할 수 없는 일은 내일로 미루었지. 그래서 오늘 밤에는 너희들과 행복한 시간을 보낼 수 있어."

부인은 이 말을 하면서 지금껏 "너무 바쁘다"는 말을 달고 살았던 수많은 저녁을 되돌아보고 스스로를 자책하며 마음으로 감사의 찬양을 불렀습니다. 부인의 얼굴에서는 더 이상 근심의 그림자를 찾아볼 수 없었답니다. 거실에 함께 모인 스탠턴 가정은 그 어떤 가정보다도 행복해 보였어요. 스탠턴 씨는 특별히 해리가 좋아할 만한 책을 골라와서 읽어 주기 시작했지요.

스탠턴 씨는 고전 〈북미 인디언들과 사는 삶〉을 골랐는데, 이 책은 생포 당한 여자 주인공의 흔적을 쫓는 이야기로 생동감 넘치는 묘사가 특징이었습니다. 스탠턴 씨는 훌륭한 낭독자였어요. 이야기를 듣는 동안 아이들의 눈은 호크 아이처럼 숨 막힐 듯한 열의에 불타올랐지요. 책 속의 인디언 동

료는 놀랍도록 예리한 감각으로 도주한 여자주인공의 흔적을 찾아냈습니다. 인디언은 숲과 대초원을 가로지르면서 추격했어요. 그때, 부러진 잔가지와 뭉개진 꽃이 인디언의 노련한 눈을 사로잡았지요. 장님의 눈을 뜨이는, 매우 극적인 순간이었습니다. 개울 옆에 있는 미천한 모래가 교묘히 길을 안내했고 그 길을 따라가다 보니 눈에 보이는 단서가 없어서 수색에 실패할 뻔했지만, 눈에 띄지 않을 정도로 미세한 자국이 단서를 주었습니다. 그렇게 몇 날 며칠 동안 포기하지 않고 추적하여 결국은 여주인공을 붙잡았지요. 비극적인 결말에 이르자 아이들이 흥분에 찬 목소리로 탄식했어요.

스탠턴 씨의 낭독이 끝나자 수다와 게임이 이어졌습니다. 그동안 스탠턴 부인의 머릿속은 아침에 있었던 일과 오늘 저녁에 들은 책 내용에 관한 생각으로 꽉 차 있었습니다. 부인의 머릿속에서 '발자취를 쫓아서!'라는 단어는 '선한 일들은 하나님께서 미리 정하시어 우리로 그것들 가운데서 행하게 하려 하신 것이라.'는 말씀과 일맥상통했지요. 해리가 재미 삼아 고른 책인 줄 알았는데... 사실은 엄마를 위해서 비유적으로 깊은 의미를 담아 고른 걸까요? 자연에서 자란 아이들은 날카로운 분별력, 예리한 간파력을 보여주지요. 그렇다면 인디언들은 목사님이 부인에게 말했던 '주를 두려워하는 자의 향기를 내기 원하는' 이 말을 자기들만의 방식대로 가지고 있는 게 아닐까요? 부인에게는 '주의 뜻이 무엇인지 알아보는' 것이 구속받은 자의 참된 소명으로 보였는데 인디언들도 이 말씀을 신약적으로 이해하고 있는 게 아닐까요? 일상적인 집안일, 불가피한 방문, 업무 편지, 회계장부, 세상일이나 영적인 일에 관한 부탁 등. 이런 것들이 짓밟힌 꽃과 꺾인 나뭇가지처럼 흔적을 남겨서 부인이 사랑이 넘치는 완전한 확신만으로 하나님을 뒤쫓도록 한 건 아닐까요? '예비하신' 길 앞에 놓여 있는 하나님의 손을 잡고 따라가면 평범했던 일상이 거룩한 날이 되지 않을까요?

"발자취를 쫓아서!" 부인은 새로운 삶의 감동으로 고동치는 이 단어를 속으로 되뇌였습니다. 아, 정말 기쁜 일입니다! 아버지께서 준비하신 흔적을 날마다, 끊임없이 따라가면서 읽으면 된다니! 아, 모든 일을 질서 정연하게 예비한 약속의 길에서 사랑과 순종이 뒤쫓아갈 흔적을 발견하게 해줄 거예요!

생일이면 저녁 기도 전에 부르는 옛 찬송가 가사가 부인의 머리를 울렸습니다.

오, 위대한 주 여호와여!
순례자가 불모지를 지날 때 인도하소서
나는 약하나 주는 강하시니
주의 강한 손으로 나를 인도하소서
강한 인도자여!
주의 도움만이 나를 서게 하네

부인이 지금처럼 찬양을 불렀던 적이 있었던가요? 부인은 지금껏 삶을 보호해달라고, 방향을 알려 달라고 미지근한 소망으로 모호하게 간구하지 않았던가요? 찬송가 가사가 보여 주는 놀라운 말씀의 능력을 제한하지 않았던가요?

찬양을 부른 후 스탠턴 씨는 시편 25편을 소리 내어 읽었습니다. "오 주여, 내가 주께 나의 혼을 들어올리나이다." 부인에게 그 말씀이 이전과는 달리 새롭게 다가왔습니다. 줄곧 하나님의 말씀을 들어왔는데 이 시편 말씀은 처음 들은 걸까요? 지금껏 스탠턴 씨는 킹제임스성경이 아니라 유명하지 않던 개역 성경으로 시편을 읽어줬던 걸까요? 부인은 무심결에 옆에 있는 성경을 펼쳤습니다. 성경을 펼쳐서 읽는 부인의 모습은 기도와 간구에 대한 약속과 보증을 받아 만족한 사람 같았어요.

오 주여,
주의 도를 내게 보이시고 주의 길을 내게 가르치소서.
주의 진리로 나를 인도하시고 나를 가르치소서.
주께서는 내 구원의 하나님이시니
내가 종일 주를 기다리나이다.
주는 선하고 정직하시니
그러므로 그가 죄인들에게 그 도를 가르치시리라.
그는 공의로 온유한 자를 인도하실 것이요,
그의 도를 온유한 자에게 가르치시리라.
주의 모든 길은 그의 언약과
그의 증거들을 지키는 자에게 자비와 진리로다.
주의 은밀하심이 그를 두려워하는 자들과 함께 있으니
그가 그들에게 그의 언약을 보여 주시리라.

이 말씀은 부인을 위한 하나님의 약속이었습니다. 새로운 시편이 아닙니다! 새로운 가르침도 아니지요! 하나님께서는 자기를 기다리는 혼을 부르시는데, 하나님께서 부인을 부르신 겁니다! "주의 은밀하심이 그를 두려워하는 자들과 함께 있으니" 부인은 이 말씀을 깨달았습니다. 이제부터는 영원히 잊지 않겠지요.

다음 날 아침, 스탠턴 부인은 엘윈 목사님이 헤어지기 전에 건네준 봉투를 열었어요. 편지에는 이렇게 적혀 있었답니다.

오전 예배

〈그분의 길은 완벽하도다〉

우리는 그분의 작품이니
그리스도 예수 안에서 선한 일들을 위하여 창조되었느니라.
이 일들은 하나님께서 미리 정하시어 우리로
그것들 가운데서 행하게 하려 하신 것이라.

(엡 2:10)

오 깨어 있는 혼아, 잠잠하라!
하늘의 궁전에서
새로운 구원의 아침 이슬과 함께
새로운 날을 주셨도다!
시간의 밭으로부터 울타리를 쳐라
거룩한 십자가를 놓아라
순결한 자여, 하나님께서 예비하신 날이
내려오니 보아라

하나님께서 예비하신 날!
내 것은 하나님의 손에서 나왔도다!
시간이 흐를수록 살리시는 능력으로
그분의 뜻을 알려주소서!
내 마음이 귀 기울이게 하소서!
내 눈을 새롭게 하소서!
부드러운 생각과 뜻으로
하나님의 계획을 쫓게 하소서!

아버지, 나의 모든 날은 주의 것입니다
고요한 사랑으로 미리 내다보시어
세심히 돌보시고 나를 보호하소서!
부정한 눈, 무디고 혼란한 감각으로 인해
하늘의 기쁨을 놓치지 않도록
주의 강한 확신으로 인도하소서!
오늘도 미지의 길을 걸어갑니다
"미리 준비하신" 선한 일들의 거룩한 길을
믿음으로 걸어갑니다
때때로 나를 부르실 때
요철이 불분명해도 고통을 안고
"내게 주신" 은밀한 것들을 하늘의 눈으로 보리라

시시때때로 주의 명령을 따르게 하소서!
사랑으로 순종하면
사랑의 수고가 은혜의 증거를 드러내 보이리라
고되고 가파른 길에 서 있어도
주님이 나를 인도하신다는 흔적과 확신과 감사가
견딜 힘을 주리라

주님의 사자로서 지치고 슬플 때
그리스도께서 보는 것을
나로 보게 하고 배우게 하소서
무언의 필요로 나를 은밀히 부르실 때
용기를 갖게 하시고
주님의 손짓을 알아보게 하소서
큰 슬픔이 비처럼 쏟아져
내 길을 방해한들 무슨 상관이랴?
시냇물을 따라 주님을 따라갈 때
주님의 발자취가 길을 안내하는도다
그 발자취가 나를 고통의 골짜기로
인도한들 무슨 상관이랴?
나를 위해 "겟세마네!"라고 속삭이라
그리하면 모든 고통이 사라지리라

혼자인들 무슨 상관이랴?
주님께서 서서 기다리라고 명령하셨도다
나를 향한 부름과 요청이 많을 때
큰 천막이 내 길을 덮어

하나님과 만나는 거룩한 땅을 찾으리라

하나님께서 예비하신 날!
아버지, 아버지의 길은 나의 것입니다!
나는 기쁨과 따뜻한 보살핌과 교제 안에서
혼과 혼이 만나는 곳, 은밀한 사랑의 신호를 쫓으리라
그리하면 주께서 나를 높은 곳,
왕을 섬기는 높은 곳으로 들어 올리시리라

내가 신뢰를 저버리고
일을 완수하지 못하여
그림자가 질 때
거룩하고 의로운 아버지,
용서하소서! 용서하소서!
피를 뿌려 죄를 사하시고
하나님께서 예비하신 깊은 쉼을 누리게 하소서

이번 주 일요일, 엘윈 목사님은 이사야 40장을 설교했습니다. 스탠턴 부인은 본문 말씀을 듣자 생각에 잠겼답니다.

"아! 내가 목사님 설교 준비를 방해했구나! 그런데도 목사님은 내 방문을 방해가 아니라 요청으로, 부름으로 여기셨다니! 얼마나 감사한 일이야…"

엘윈 목사님은 성경 말씀을 읽기 시작하여 본문 주제의 흐름에 따라 설교습니다. 결론에 다다르자 본문 말씀 전체를 다 읽어서 설교의 핵심을 정리했지요.

"거룩한 분이 말하노라. 그런즉 너희가 나를 누구에게 비기며, 또한 내가 누구와 동등하게 되겠느냐? 너희는 눈을 높이 들어 누가 이것들을 창조하였으며, 그들의 군상들을 수효대로 이끌어 내셨는지 보라. 그가 그들의 이름을 그의 막강한 위력으로 모두 부르시나니 이는 그의 권세가 강하고 하나도 부족함이 없으심이라. 오 야곱아, 어찌하여 네가 말하며, 오 이스라엘아, 어찌하여 이르기를 "나의 길이 주로부터 숨겨졌으며, 나의 심판은 나의 하나님으로부터 지나갔다." 하느냐? 너는 알지 못하였느냐? 영원하신 하나님, 주, 곧 땅 끝들의 창조주는 피곤치 아니하시며, 곤비치 아니하신 분인 것을 너는 듣지 못하였느냐? 그의 명철은 한없이 깊으시도다.

그는 곤비한 자에게 힘을 주시며, 무력한 자에게 힘을 더해 주시나니 젊은이들일지라도 곤비하고 피곤하며, 청년들이라도 완전히 넘어지나 오직 주를 앙망하는 자는 자기의 힘을 새롭게 하리니 독수리처럼 날개로 치솟을 것이요, 그들이 달려도 피곤치 않으며 걸어도 곤비치 아니하리라."

"이 구절은 하나님을 섬기는 데에 쉼이 있다는 사실을 확고히 해주고 있습니다. 그러니 기억하세요. 매일 삶을 살아갈 때는 모든 작은 요소요소에서 하나님의 무한한 힘이 필요합니다. 창조주께서는 본문을 통해 이 힘을 설명해 주고 우리에게 그 힘을 요구하고 계시지요. 자신이 무가치하다고 느끼는 사람은 이렇게 외칠 겁니다. '나의 길이 주로부터 숨겨졌으며, 나의 심판은 나의 하나님으로부터 지나갔다. 개개인을 향한 하나님의 생각과 보살핌을 주장하기에는 너무 하찮고 천박한 사람이다.' 여러분 위에 있는 은혜를 바라보세요. 하나님께서는 여러분을 향한 계획과 인도를 약속하셨습니다. 그 약속이 여러분의 사소한 행실에서, 정말 하찮은 사건에서 나타날 겁니다. 예수님의 선물은 사랑을 입증합니다. 그뿐 아니라 하나님의 약속도 여러분의 축복과 하나님의 영광을 위해 여러분의 삶을 계획하고 빚어가지요. 하나님의 속성에서 사랑을 빼놓을 수 없습니다. 하나님께서는 사랑이시니까요. 하나님께서 여러분을 위해 예비하신 길에는 하찮은 길이 없습니다. 애매한 길도 없습니다. 하나님께서 보시기에는 모두 귀중한 길입니다.

'곤충의 날개를 빛내신 분, 그분의 보좌는 회전하는 세상 위에 있도다.'

주님께서는 나약하고 보잘것없는 성도의 삶을 '구속'하셨는데 이 '구속'이 우리 주 예수 그리스도의 아버지와 하나님의 측면에서는 어떤 의미일까요? 아들이신 예수님께서는 '세상의 죄를 구속해야 하는가, 그럴만한 가치가 있는가' 이런 논쟁에도 불구하고 온 세상의 죄를 제거하셨습니다. 예수님께서는 제자들에게 영원한 사랑과 불변하는 우정의 보증이 필요하다는 사실을 알고 계셨지요. 그리고 이 '구속'은 그 보증이 되었습니다.

'예수께서 대답하여 그에게 말씀하시기를 나를 사랑하는

사람은 내 말들을 지키리니 그러면 나의 아버지께서 그를 사랑하실 것이며, 또 우리도 그에게 와서 우리의 거처를 그와 함께 정하리라.'

사랑하는 성도 여러분, 나에게 세세한 관심을 기울여 달라고 아버지께 구하기 두려우신가요? 나를 향한 하나님의 개인적인 보살핌과 명령을 알기에는 나 자신이 너무 보잘것없는 존재라고 생각하시나요? 이 말씀을 주장하여, 성품을 함양하여, 천문학자가 칼데아에서 별을 공부하듯 밤하늘에 새겨진 하나님의 친필을, 하늘에 이른 여러분의 개인적인 약속을 공부하여 하나님을 영화롭게 하세요.

'별을 흔드는 음성이 모든 약속을 말하는도다.'"

4

 그 날 이후로 스탠턴 부인의 삶은 완전히 달라졌습니다. 이전보다 말씀을 더 많이 듣지만 힘들지 않았어요. 애쓰지 않아도 일은 효과적이었지요. 매일 발생하는 요청과 사건에도 방해받지 않고 영적 교감을 지속할 수 있었고요. 바깥 일은 줄어들었고 그로 인해 혼은 여유를 가졌습니다. 교제의 범위가 넓어지기 보다는 교제의 깊이가 깊어졌지요. 주님을 섬기는 데에 있는 쉼을 알게 되었을 뿐만 아니라 주님을 섬기면 얻게 되는 쉼도 알게 되었습니다. 자녀의 권리로서 하나님의 화평을 누리게 되었어요. 질병과 고통이 찾아와도 그것이 계획의 일부라는 사실을 진지하게 인정했답니다. 어려움이 닥쳐도 섬김을 그만두는 게 아니라 하나님을 최우선으로 섬기라는 부르심으로 인정했지요. 부유한 상황에서 불행이 닥쳐도 베다니에서 부활한 나사로처럼 부활의 확신을 갖고 하나님을 기다렸으며 사랑으로 자신의 뜻을 굴복하고 슬픔의 가르침을 받아들였습니다.

삶의 전환점을 맞이했던 날, 부인은 일기에 이렇게 썼습니다. '지금껏 내가 해온 사역과 섬김은 아무 의미가 없는데! 그런 걸로 평가하고 있었다니! 잘못돼도 크게 잘못되었지…' 그로부터 일년 후 부인은 일기를 펼쳐 보았답니다. '영원한 속죄의 보혈을 통해 쌓여 있던 수많은 섬김, 헌신은 결여된 채 자기 중심적인 마음으로 점철된 수많은 노동을 제거하여 주신 그 사랑이 어찌나 큰지요! 그 피뿌림은 여전히 유효합니다! 주님, 저는 그 피뿌림이 끊임없이 필요합니다! 맑은 눈으로 하나님의 인도를 따라갈 때 그 눈은 나의 죄를 정죄합니다. '발자취를 쫓아서' 이 말은 그 날 이후로 엄청난 의미를 남겼습니다! 그 누구도 이해할 수 없겠지요! 저는 진정 선생님이신 주님의 삶을 나의 본으로 삼았습니다. 하지만 매순간 주님의 발걸음을 따르는 삶의 특권을 잘 알지 못합니다! 하나님께서 나를 위해 사랑으로 미리 준비해 놓으신 선한 일들 안에서 행하는 법을 알기 원합니다!

그 날 이후로 '상충하는 의무', 이 단어는 더 이상 제게 살아있는 단어가 아닙니다! 묘비명에 새겨진 단어처럼 죽은 단어일 뿐입니다!'

옮긴이의 말

"시온에서 슬퍼하는 자들을 정하여 그들에게 재 대신 아름다움을, 슬픔대신 기쁨의 기름을, 무거운 영 대신 찬양의 의복을 주어 그들로 주의 심으신 의의 나무들이라 불리게 하여 주께서 영광을 받으시려는 것이라." (사 61:3)

여러분의 아버지는 전지전능한 왕이십니다.

여러분의 신랑은 신부를 위해 저택을 마련해 놓고 기다리고 계십니다.

여러분과 함께하는 성령님은 여러분 안에서 생명수의 샘을 끊임없이 뿜어냅니다.

여러분은 복 받은 사람입니다. 여러분이 지금껏, 그리고 앞으로 받을 선물들은 너무 많아 셀 수조차 없을 겁니다. 성령의 물이 담긴 안약, 근심을 가져간 찬양의 옷, 슬픔을 닦아낸 기쁨의 기름, 지친 걸음을 지탱해주는 믿음의 지팡이, 적의 화살을 막아주는 구원의 투구, 주린 배를 채워주는 말씀의 빵... 여러분이 받은 모든 선물은 위에 계신 아버지께서 보내신 겁니다. "모든 좋은 선물과 모든 온전한 선물이 위로부터, 곧 빛들의 아버지께로부터 내려오나니 그분께는 변화도 없고 회전하는 그림자도 없느니라." (약 1:17) 여러분의 선물을 헤아려보세요. 그리고 지금 여러분의 모습을 들여다보세요.

여러분은 왕의 아들답게, 신부답게 살고 있나요? 받은 선물을 풍족히 누리며 살고 있나요? 그 선물에 매일 목청 높여 감사와 찬양과 영광을 돌려 드리고 있나요?
하나님께 감사하세요. 평생을, 영원을 감사해도 모자랄 겁니다.

하나님께서는 황무지에서 살던 여러분을 푸른 초장과 맑

은 샘으로 인도하여 씻기고 먹이고 입히고 쉼을 주셨습니다. 그 누가 보기에도 아름다운 모습으로 단장시키셨습니다. "내가 주를 크게 기뻐하겠으며, 내 혼이 내 하나님을 기뻐하리니 이는 그가 구원의 의복으로 나를 입혀 주셨고, 그가 나를 의의 겉옷으로 덮어주시어 마치 신랑이 장식물로 자신을 꾸민 것같이, 신부가 보석으로 자신을 단장함같이 하셨음이라."(사 61:10) 아버지께서는 신부인 여러분을 각종 보석으로 단장하여 신랑인 아들이 보기에 아름답도록 준비시키십니다. 아버지께서는 여러분에게 많은 선물을 주어 부족하지 않게, 풍족하게, 아름답게 채우십니다. 지상에서 살아갈 동안 받은 복을, 선물을 풍족히 누리세요. 여러분은 복 받은 사람입니다.

〈너의 선물은〉 이 책 제목 뒤에는 여러 말이 올 수 있습니다. 한 번 채워 넣어 보세요. 하나씩 채워 넣고 세어보세요. 그리고 주님께 감사와 찬양과 영광을 돌리세요. 여러분의 선물은 무엇인가요?

"나의 선물은 나의 사랑, 주 예수 그리스도이십니다. 아멘."

Expectation Corner
by Emily Steele Elliot, 1892

너의 선물은
에밀리 엘리엇 단편집

초판 인쇄 2021년 5월 24일
초판 발행 2021년 6월 1일

지은이   에밀리 엘리엇
옮긴이   박혜리

발행인   박혜리
펴낸이   하나님의 사람들
펴낸곳   하나님의 사람들
등록   2020년 3월 3일(제409-2020-000015호)
주소   경기도 김포시 풍무로69번길 51(10119)
전화   070-7785-7425 | 팩스: 0504-072-0589

홈페이지 www.mogpublisher.com
이메일   info@mogpublisher.com

값은 뒤표지에 있습니다.
ISBN   979-11-91542-05-9

내지 일러스트 박상근

Copyright © 2021, **하나님의 사람들**.
본 저작물의 모든 내용, 이미지, 디자인, 편집 형태에 대한 저작권은 하나님의 사람들에 있습니다.
서면에 의한 출판사의 허락없이 내용의 일부 혹은 전체를 발췌하거나 복사할 수 없습니다.